OURS

OURS
Marian Engel
TRADUIT DE L'ANGLAIS (CANADA) PAR GÉRALDINE CHOGNARD
C
am
bou
rakis

Couverture : Holly Ovenden.

Titre original : *Bear*

Pour John Rich, qui sait
comment les animaux pensent

Les faits deviennent art grâce à l'amour, qui les unifie et les porte à un degré de réalité supérieur ; et dans le paysage, cet amour qui embrasse tout s'exprime à travers la lumière.

Kenneth Clark, *L'Art du paysage*

1

L'hiver, elle s'enterrait dans son bureau telle une taupe, creusant ses galeries parmi les cartes et les manuscrits. Elle vivait non loin de son lieu de travail, et faisait ses courses en chemin entre chez elle et l'Institut, se hâtant le long des passages souterrains, transitant d'un refuge à l'autre en perdant le moins de temps possible. Elle n'aimait pas sentir l'air froid sur sa peau.

La pièce qu'elle occupait au sous-sol de l'Institut jouxtait les conduites du chauffage, ses murs étaient tapissés de livres, de vitrines, de boiseries et de vieilles photographies brunâtres aux sujets improbables : le général Booth flanqué d'une grand-mère quelconque, une ville française vue d'avion en 1915, un groupe d'athlètes et de sapeurs ; des choses que les gens lui apportaient parce qu'ils savaient qu'elle ne les jetterait pas, puisque c'était son métier de les conserver.

« Ne jetez pas ça, disaient les gens. Apportez-le à l'Institut d'histoire. Ça peut les intéresser. C'était peut-être quelqu'un de plus important qu'on ne croit, même s'il buvait beaucoup. » Cette générosité lui avait valu de récupérer une carte de Noël en celluloïd envoyée depuis les tranchées avec une botte en relief, un poème en l'honneur de la municipalité de Chinguacousy écrit sur un parchemin orné d'une couronne de cheveux humains, un portrait signé du fondateur d'une compagnie qui faisait le commerce de semences depuis longtemps absorbée par une entreprise concurrente. De menus faits qui lui rappelaient que le monde extérieur avait existé, qu'aujourd'hui avait plus à offrir qu'hier, avec ses papiers jaunissants, son encre brunissante, et ces cartes qui avaient tendance à s'effriter quand on les dépliait.

Pourtant, quand le temps changeait et que le soleil se mettait à filtrer à travers les vitres des fenêtres de l'entresol, lorsque ses rayons commençaient à se charger de poussière de printemps, et que le vieux cendrier métallique devenait nauséabond après un hiver de nicotine et de contemplation, le flot pesant de son monde intime était révélé au grand jour, et à ses yeux mêmes, car bien qu'elle aimât les vieux objets miteux, les objets qui avaient été aimés ou maltraités, les choses qui avaient un passé, lorsqu'elle regardait ses bras pâles comme des limaces, le bout de ses doigts tachetés de très très vieille encre, qu'elle voyait que les pauvres débris dont elle ornait ses tableaux d'affichage étaient racornis et sans valeur, quand elle sentait que ses yeux n'étaient plus capables de s'habituer à la lumière, elle éprouvait toujours un sentiment de honte, parce que rien de tout cela ne correspondait à l'image de la vie bonne depuis longtemps imprimée dans son âme, et elle souffrait de ce décalage.

Cette année, cependant, elle échapperait à ce pénible moment de prise de conscience. La taupe ne serait pas forcée d'admettre qu'elle rêvait d'être une antilope. Le directeur vint la trouver au milieu de ses dossiers et de ses rouleaux de carte et, se tenant solennellement sous une rangée de portraits de famille légués à l'Institut parce qu'il aurait paru impie, comme c'était désormais la mode, de les accrocher au mur des toilettes, il lui annonça qu'un accord en faveur de l'Institut venait enfin d'être trouvé concernant la succession Cary.

Il la regarda, elle le regarda : enfin, c'était arrivé. Pour une fois, au lieu d'attestations de présence au catéchisme, de vieux documents relatifs à l'émigration, d'enveloppes contenant les photographies du dimanche de quelconques fermiers, ou de lettres d'amour à moitié effacées, ils recevaient un legs d'une véritable valeur.

« Tu peux préparer tes bagages, Lou, dit-il. C'est toi qui vas aller faire le boulot là-bas. Le changement te fera le plus grand bien. »

Quatre ans auparavant, ils avaient reçu une lettre d'un cabinet d'avocats à Ottawa leur annonçant qu'une part de l'héritage d'un certain Colonel Jocelyn Cary, comprenant l'île Cary, la propriété connue sous le nom de Pennarth, ainsi que le contenu de ses bâtiments, avaient été légués à l'Institut. Les avocats ajoutaient qu'ils savaient que la bibliothèque de Pennarth recelait un important fonds relatif aux premiers peuplements de ce territoire.

Lou et le directeur fouillèrent dans leurs dossiers à la recherche de mentions concernant Cary, et ils envoyèrent des émissaires faire de même aux Archives provinciales. Ils découvrirent un document rédigé de l'archaïque écriture de Miss Bliss, la prédécésseure de Lou, relatant la visite d'un colonel Jocelyn Cary, en 1944, au cours de laquelle le legs avait été envisagé. Le directeur était absent à l'époque, il vivait à l'étranger ; l'Institut périclitait. L'offre ne donna lieu à aucune suite, et quand l'heure fut venue pour Lou de travailler et qu'elle fut embauchée à l'Institut, il y avait bien longtemps que Miss Bliss s'était mise à boire et qu'elle lardait ses dossiers de suggestions impossibles.

« Enfin, dit prudemment le directeur, ne nous réjouissons pas trop vite. Il s'agit d'une première pour nous. »

Bien évidemment, la famille avait formé un recours. L'île Cary, avaient-ils découvert, n'était plus cet avant-poste isolé au milieu d'une lointaine rivière. Aujourd'hui automobiles, hors-bord, motoneiges, vacances long séjour et profits de l'immobilier avaient changé la donne.

Pendant que le directeur soutirait au gouvernement de la province son assistance juridique (l'Institut ayant été progressivement mis sous tutelle), Lou s'acharnait à fouiller dans la bibliothèque et les dossiers, priant pour que ses recherches lui en révèlent suffisamment pour donner de l'épaisseur au personnage. Elle avait remarqué que la tradition canadienne était, d'une manière générale, plutôt subtile. Toute preuve d'une activité autre que le travail ou la prière dans le parcours d'un ancêtre était généralement effacée. Les familles se forgeaient ainsi facilement une respectabilité rétrospective, mais c'était, elle et le directeur le déploraient souvent, au détriment de l'histoire. Si Cary avait eu suffisamment d'argent et d'énergie pour construire une maison autant au nord, et pour la remplir de livres, c'était certainement un original. Il revenait à Lou de comprendre à quel point il l'avait été, et parallèlement, de prier tous les dieux et les muses ainsi que les membres du Parlement présidant à la destinée de l'Institut pour que ce qu'on y découvre permette de révéler la part sombre de l'histoire de la région.

Ce colonel Cary qui avait effectué la donation avait fourni un récapitulatif des exploits de son ancêtre. Il s'avérait que l'ancien colonel, né dans une bonne famille du Dorset, mais roturière, l'année où la Révolution française avait éclaté, avait été envoyé très jeune au front comme simple soldat, et servi au Portugal et en Sicile durant les guerres napoléoniennes. À l'âge de vingt ans, il avait épousé une certaine Miss Arnold, dont le père était le major des troupes stationnées à Messine. Il était monté en grade au sein de l'artillerie, avait donné de nombreux enfants à sa femme, et servi avec brio lors de nombreuses campagnes dans la vallée du Po, avant de rentrer en Angleterre avec sa progéniture, désormais désœuvré dès lors que les guerres avaient pris fin.

Toutes ces informations étaient corroborées par des titres de propriété, ordres de mission, recommandations et citations militaires.

Pendant ses années au service de l'armée, notait son descendant, le colonel s'était mis en tête de vivre sur une île. La légende familiale disait que lors d'un été très chaud, stationné à Malte, il avait ouvert un atlas du Nouveau Monde, fermé les yeux, et planté une épingle à l'emplacement de l'île Cary.

Lou l'imaginait assis sur ses cabinets portatifs de l'armée, grommelant contre la dysenterie estivale, rêvant d'eau fraîche. Pas besoin d'épingle. Après avoir vainement cherché un emploi en Angleterre, il avait vendu tout ce qu'il possédait là-bas et, en 1826, s'était installé avec sa famille à Toronto, qui s'appelait à l'époque York.

Bon. Son nom figurait dans les registres. Cary. Colonel John William. 22, Shutter Street. Gentleman.

Ce n'était qu'en 1834 qu'il avait obtenu le privilège (« Le pétitionnaire atteste humblement… ») de s'établir sur l'île Cary, ayant promis d'y construire une scierie et de mettre à disposition un bateau pour favoriser les échanges commerciaux dans la région.

« Ma grand-mère, écrivait son descendant, refusa cependant de s'enfoncer plus avant dans ces territoires sauvages, et d'affronter les rigueurs du climat nordique. Elle était, sinon d'origine, du moins de tempérament méridional. Le colonel dut se résoudre à la laisser à York, ainsi que ses filles et ses plus jeunes fils. Il partit pour le Nord avec son deuxième fils, Rupert (il me semble que l'aîné, Thomas Bedford Cary, était de constitution fragile, et il a été inhumé en 1841 au cimetière Necropolis), et mena une vie simple sur l'île durant tout le reste de sa vie. »

Le nom de Cary n'était mentionné que dans quelques rares documents officiels. Sa demande visant son installation sur l'île Cary, puis celle sollicitant son achat en bonne et due forme, financé par la vente de son mandat, avaient été enregistrées. Selon les annuaires de la ville, Mme Henrietta Cary continua de vivre à York, à des adresses tout à fait respectables, longtemps après que la ville eut été renommée Toronto. Le colonel fut nommé magistrat du district du Nord en 1836.

Et il reçut les honneurs militaires lors de ses obsèques dans la ville de Sault-Sainte-Marie, en 1869, à l'âge de quatre-vingt-dix ans.

C'était sur ces années passées sur l'île Cary que porteraient les recherches de Lou. Car le procès avait représenté un coût important pour l'Institut, et elle avait été affectée à l'inventaire de la propriété cet été. Il s'agissait juste, conseillèrent les avocats et les personnes en charge de l'entretien de la maison, d'attendre que le temps soit suffisamment clément pour qu'elle jouisse d'un confort acceptable à Pennarth, où le chauffage central n'avait jamais été installé.

2

Le 15 mai, elle chargea dans sa voiture pochettes de classement, papiers, fiches cartonnées, carnets de notes ainsi qu'une machine à écrire. Elle avait déterré son vieux matériel de camping – veste en laine rongée par les mites, chaussures de marche, et le sac de couchage qu'elle avait dans sa jeunesse. Le directeur lui serra la main en guise d'au revoir, puis eut un mouvement de recul en raison de l'odeur de naphtaline.

« Votre homme se nomme Homer Campbell. Quittez l'autoroute 17 au niveau de Fisher Falls, puis suivez la départementale n° 6 jusqu'au village de Brady. Là, il faut tourner à gauche au croisement, et suivre la rivière jusqu'à la marina où habite Campbell. Homer vous fournira un bateau et vous emmènera sur l'île. Je lui ai parlé personnellement hier. Il m'a dit qu'il avait raccordé une nouvelle bouteille de gaz et qu'il avait veillé à ce que le ménage soit fait. »

La route partait en direction du nord. Elle s'y engagea. Une sorte de Rubicon séparait les hautes terres. Lorsqu'elle l'eut franchi, elle commença à se sentir libre. Elle filait plein nord, vers les montagnes, enivrée.

L'inventaire de la maison et des dépendances établi par les juristes indiquait qu'elle aurait besoin de peu de matériel. La maison n'avait rien d'une cabane en rondins. Elle comptait six pièces, dont une bibliothèque. Il y avait de nombreux canapés, tables et chaises. Elle imaginait les quatre pieds bien ancrés de ces meubles trônant sur la liste. Tout cela respirait le confort.

La campagne verdoyait intensément. En traversant la baie, elle frissonna sur le pont du ferry qui reliait les deux parties de l'arche calcaire effondrée unissant autrefois les îles. Les mouettes tournoyaient, et on entendait au loin une corne de brume. Elle dépassa une grande île où elle avait rêvé d'habiter toute sa vie, puis une toute petite, qu'on disait hantée par les Indiens, où on l'avait emmenée alors qu'elle était enfant. Elle se rappelait y être arrivée à bord d'un gros bateau, avoir débarqué, et trouvé les chemins embroussaillés de sumac grimpant, des plantes vénéneuses plus grandes qu'elle. Ses parents voulaient cueillir de la gentiane frangée et de la parnassie des marais. Pendant qu'ils cherchaient, elle était tombée en arrêt devant le squelette de la plus grosse libellule du monde, prise dans une toile d'araignée accrochée à la vitre d'une cabane, entièrement vidée de sa substance.

De toutes petites îles flottaient innocemment au gré des vagues, suivant le balancement des bouées à cloche.

Il n'y avait pas beaucoup de passagers à bord à cette période de l'année : quelques chasseurs, un couple d'Indiens en blouson de ski magenta, un couple de personnes âgées lisant côte à côte en haut de l'escalier menant aux cabines. Une famille de francophones portant des tenues de sport pastel flambant neuves. La tradition selon laquelle les vêtements qu'on portait pour les activités de plein air devaient être tachés, plein de bouloches et vieux de quarante ans semblait s'être perdue, sauf pour elle. Elle se souvint de cet homme qu'elle avait connu qui lui avait dit une fois qu'il n'était plus possible de trouver une femme qui ait sa propre odeur.

Le crépuscule approchait lorsqu'ils accostèrent au débarcadère. Elle avait des souvenirs précis de cet endroit. Elle se rappelait une plage, un lac couleur argent, et un événement malheureux. Un événement, oui, qui s'était passé lorsqu'elle était très jeune, une perte. Il lui semblait étrange qu'elle ne soit jamais revenue en ces lieux.

En attendant que sa voiture soit descendue du ferry, elle regarda les Indiens monter dans une fourgonnette blanche neuve.

Il était trop tard pour rejoindre la marina avant la nuit, la traversée sur le ferry ayant, comme toujours, pris beaucoup de temps. Elle loua une chambre dans un motel sur une plage déserte, et passa la soirée à traîner le long du rivage en écoutant les oiseaux.

« J'ai l'étrange sentiment, écrivit-elle sur une carte postale adressée au directeur, de renaître. »

En quittant l'île le lendemain matin, son cœur bondit à la vue des roches nues des montagnes d'Algoma. Où m'étais-je égarée ? pensait-elle. Est-ce une vie que d'être absente à la vie ?

Depuis un certain temps, les choses se passaient mal pour elle. Elle était incapable de citer un problème précis ; c'était plutôt comme si la vie en général avait une dent contre elle. Les choses avaient tendance à tourner au vinaigre. Bien qu'au départ elle se fût délectée de la solitude érudite qu'impliquait son travail, protégée qu'elle était des trivialités du monde, au bout de cinq ans elle avait le sentiment que tout cela l'avait en quelque sorte vieillie prématurément, et qu'elle avait le même âge que les papiers jaunis qu'elle déroulait à longueur de journée. Lorsqu'il lui arrivait, très occasionnellement, de détacher son regard du passé pour le porter vers le présent, celui-ci semblait lui échapper et devenir aussi insaisissable qu'un mirage. Elle en avait parlé avec le directeur, qui mettait cette disposition d'esprit sur le compte des risques du métier, mais elle demeurait insatisfaite à l'idée qu'elle vivrait ainsi la seule vie qui lui serait donnée.

Il était tard lorsqu'elle se gara devant la marina. Elle entra dans le bâtiment de parpaings et demanda Homer Campbell. Le commerçant au visage rondouillard devina son identité.

« Vous devez être la dame de l'Institut que M. Dickson m'a annoncée dans son courrier, dit-il. Vous avez fait vite. Nous pouvons y aller dès ce soir. » Il appela son fils et commença immédiatement à décharger la voiture. Lorsqu'elle se montra quelque peu alarmée par rapport à la machine à écrire, il lui jeta un regard apitoyé.

Il était entre deux âges et enjoué. Son fils Sim, yeux clairs, cheveux clairs – un fantôme, un albinos – chargeait silencieusement un second bateau à moteur avec des cartons de provisions qu'ils avaient préparés pour elle. Il communiquait avec son fils par petits bruits de bouche, comme on le ferait avec un animal. Avec ses grands pieds, son fils était emprunté, apathique : quatorze ou quinze ans conclut-elle.

Elle trouva compliqué de prendre place dans le bateau : comme si elle ne savait plus comment se baisser. Homer essaya de lui montrer comment démarrer le moteur, mais elle se sentait complètement ailleurs.

Elle avait étudié la carte des rivières. Elle savait que l'île Cary se trouvait à plusieurs kilomètres de l'embouchure bordée de roseaux dans laquelle ils étaient en train de s'engager. L'emplacement semblait prometteur sur la carte, mais elle savait déjà que le colonel n'avait pas pris en compte le fait que la rivière, malgré son large delta, voyait son flux nettement diminuer en amont, si bien que son refuge marécageux se trouvait bien plus isolé que les cartographes ne pouvaient se le figurer. Sa scierie avait été un échec, avait-elle lu, parce que l'élégante rivière, semblable à celles d'Angleterre, ne fournissait pas assez d'eau pour faire tourner la roue plus d'une journée par semaine.

Homer parlait fort pour couvrir le grondement du moteur. Il avait l'air plutôt bavard. Elle s'intéressait plus aux formes magiques autour d'elle, ces chaos rocheux qui s'amollissaient soudainement en étendues sableuses plantées de bouleaux, ces minuscules îles de la taille d'un banc de sable couronnées de vieux cottages verts aux volets clos qui semblaient perdus et désertés à cette période de l'année. Ici, pensa-t-elle, la vie en hiver et la vie en été sont de nature tout à fait différente.

Ils glissaient le long du chenal glacial, Sim dans leur sillage, à bord d'un bateau argenté.

« Vous ne serez pas si loin, cria Homer. Mais vous avez quand même peut-être intérêt à garder un peu de carburant en cas de besoin. Il y a peu de risques que vous soyez embêtée par les tempêtes en cette saison, mais on n'est jamais à l'abri d'un éclair ou d'un mal de gorge ou autre. Il y a Joe King qui vit là-bas l'hiver, quand il pose ses pièges dans le coin, et sa tante, Mrs Leroy, c'est une vieille Indienne, elle est à Neebish, avec sa nièce, donc vous ne devriez pas être dérangée.

Il y a un poêle à bois, et une cuisinière à gaz, et quelques cheminées. Ils avaient un radiateur mais on l'a enlevé Joe et moi, c'était sacrément dangereux. Joe vous a rempli l'abri à bois, la vieille a donné un coup de balai, vous allez être comme un coq en pâte. Si elle repasse, vous la reconnaîtrez. Elle est vieille comme les pierres et elle n'a plus une dent. »

Le bateau était un vieux hors-bord à coque de cèdre, mais le moteur était neuf. Homer assurait qu'il fuirait de moins en moins une fois qu'il aurait passé un peu de temps dans l'eau. Il y avait un canoé dans la remise, il ne savait pas dans quel état il était. C'était lui qui avait fixé un moteur plus léger sur le bateau, en se disant que ça serait compliqué pour elle de tracter le gros moteur vingt chevaux pour le rentrer en cas d'intempéries. Le plus important, c'était de garder le moteur propre et sec, et qu'il y ait toujours de l'essence dans le réservoir.

Une énorme corne de brume retentit. Elle sursauta malgré elle. Homer s'en amusa. « On dirait une vache qui vous beugle direct dans l'oreille, hein ? Le canal de fret n'est qu'à sept, huit kilomètres de chez vous. Ça va être une bonne année. La rivière a été praticable tôt. »

Donc, ce rivage silencieux qui s'étirait sous leurs yeux était l'île Cary. Des joncs, puis des rochers et des arbres anonymes. « Voilà la pointe. On va la contourner dans une minute. » Il y avait quelque chose d'affectueux dans le ton de Homer, comme s'il aimait vraiment cet endroit. Il la regarda, puis détourna le regard.

Passé le méandre de la rivière, il tendit son doigt, et elle vit la maison blanche se profiler sur le ciel assombri. Elle retint son souffle et patienta, puis, lorsqu'ils approchèrent du ponton, elle constata que ce qu'elle avait cru voir était vrai : c'était une véritable maison octogonale de style Fowler.

« Waouh, dit-elle.

– Pas mal, hein ?

– Les manuels n'en font pas mention. Ces maisons sont pourtant répertoriées.

– C'est qu'on est un peu cachottiers dans le coin. Impossible de savoir qu'elle est là sans faire le tour en bateau, et nous on en parle pas. On envoie des flopées de touristes se dandiner devant la maison où Longfellow est censé avoir écrit ce poème sur les Indiens, un peu en aval, sur le canal principal. Mais cet endroit a été oublié en quelque sorte, et par ici on pense que c'est très bien comme ça. C'est chouette, n'est-ce pas ? Attendez de voir ça de vos yeux un matin de juillet, en arrivant par la rivière. Y'a rien de plus beau. Passe la corde, Sim. »

Ils s'amarrèrent à un petit ponton, et Sim et Homer avaient déjà à moitié déchargé le bateau avant qu'elle n'ait véritablement repris pied.

« La famille était folle de rage quand ç'a été légué à votre boîte, poursuivit Homer. Ils voulaient vendre toute l'île à la découpe. Mais le gouvernement n'autorise plus ça de nos jours. Allez, venez, je vais vous faire visiter. »

Titubante sous le poids de ses valises, elle suivit Homer, franchissant la berge, traversant une vaste pelouse bien verte (« Sim viendra tondre ») jusqu'à la galerie qui bordait la maison.

« J'espère que vous vous débrouillerez sans électricité, dit Homer. Il y a quelques lampes à pétrole, mais elles n'éclairent pas bien. Il faudra travailler près d'une fenêtre. Enfin ça ne manque pas de fenêtres, ici. »

Elle se tenait immobile, les yeux rivés sur la maison ; les paroles de Homer glissaient sur elle. Dans le crépuscule, l'édifice présentait un beau volume. Les larges galeries ombrageaient les fenêtres du rez-de-chaussée. De grands arbres ployaient au-dessus de leurs toits.

« Des bouleaux merisiers, dit Homer. Ces arbres ont une particularité : les jours de forte chaleur au mois d'août, on y est plus au frais que n'importe où ailleurs.

– Je ne sais pas si je serai encore là en août, murmura-t-elle.

– Personne n'a jamais quitté cet endroit à moins d'y être obligé. Leur petite-fille de Cleveland aurait vendu son âme pour garder la maison. Elle a dépensé une fortune pour qu'elle ne soit pas donnée à votre boîte. Tenez, voilà les clefs. »

Il y avait si longtemps qu'elle n'avait pas vu ce genre de longue clef à dents qu'elle ne se souvenait plus du nom qu'on leur donnait.

« Il n'y avait pas besoin de fermer à clef avant l'arrivée des motoneiges, dit Homer. On gagne d'un côté ce qu'on perd de l'autre. »

Leurs pas résonnaient sous le porche.

Homer ouvrit la porte d'entrée. Elle entra et déposa ses bagages dans le hall. Elle était cernée par les portes et les fenêtres. Face à elle, une large cage d'escalier conduisait à l'étage supérieur.

Odeur de poêle à pétrole. Odeur de souris. Odeur de poussière (les derniers rayons du soleil pénétraient à l'oblique à travers les antiques petits carreaux des fenêtres). Debout à ses côtés, Homer semblait presque s'excuser, attendant son sourire d'approbation. Elle regarda les escaliers, à gauche, puis à droite, humant l'air. Une autre odeur, musquée, inidentifiable mais agréable. Homer se tourna vers la droite, ouvrit une porte, et posa l'imposante machine à écrire sur une table dans une pièce sombre. Le garçon entra avec les sacs en toile. Blam. Blam. Il ressortit chercher le reste.

« Ces maisons sont plus ou moins rondes, dit Homer. Venez, on va faire le tour ensemble. Vous savez allumer une lampe à pétrole ?

– Oui.

– Montrez-moi. » Une lampe sophistiquée en verre opaque blanc était suspendue au plafond de la pièce où ils se trouvaient, mais Homer débusqua d'on ne sait où une lampe en fer-blanc de cheminot. Elle l'alluma, et dans le halo surgirent sofas, tables aux pieds ouvragés, porte-plantes et leurs fougères mortes. « Vous devez avoir envie de voir la cuisine. C'est par ici. Vous savez régler le tirage d'un poêle à bois ?

– Non.

– Quand on aura fini le tour du propriétaire je vous montrerai. Vous aurez bien besoin d'un peu de chaleur le matin. Ça se pourrait qu'il neige encore, à cette période. »

La cuisine s'étendait sur un seul côté de l'octogone, alors que le salon sur deux. Il y avait une cuisinière à gaz moderne à côté du poêle à bois, un chauffe-plat à volet coulissant, et un évier métallique équipé d'une pompe.

« Il y en a une meilleure dehors, dit Homer. Il y a toujours eu des problèmes avec les joints sur celle-là. Alors ensuite, c'est une pièce qui sert à la fois de remise à bois et de sas pour accéder au véritable bûcher. Il y a une cour là derrière, et des cabinets. Lucy a bien fait le ménage, hein ? Ici, c'est la chambre du maître de maison. Le lit est un peu mou. Elle vous a préparé un feu. Je vais vous l'allumer, et puis je vais vous emmener à l'extérieur pour vous montrer où sont les choses. Sortez par la porte de devant. À l'arrière les marches sont mauvaises la nuit. »

Il faisait beaucoup plus sombre désormais, et l'air était humide et glacial. Elle frissonnait en suivant Homer qui contournait la maison par le sud, pour lui montrer la longue pompe à bras, et les toilettes parmi les multiples cabanes présentes dans l'arrière-cour. C'était un modèle à double cuvette, et elle nota avec amusement que leurs sièges étaient constitués d'anciens abat-jour de lampadaires en émail bosselés comme les bords d'une tourte.

Elle fit mine de vouloir retourner vers la maison, comme il faisait nuit, qu'elle était fatiguée et avait froid, mais Homer la dévisageait, mal à l'aise, se balançant d'un pied sur l'autre. Elle se demandait s'il allait la toucher ou la dénoncer. Elle avait envie de rentrer, et de s'installer. La journée avait été longue ; elle avait beaucoup à penser. Elle était impatiente.

« Est-ce qu'on vous a dit, demanda-t-il, pour l'ours ? »

3

Il y avait, semble-t-il, toujours eu un ours. Ce Lord Byron, que le premier colonel aimait tant, avait un ours. Le colonel avait un ours. Et aujourd'hui encore un ours était là. La tante de Joe King, Lucy Leroy, qui atteignait la centaine, si on se fiait à leurs dires, s'était occupée de l'ours après la mort du colonel. Mais elle était partie. Lui était toujours là, derrière. Il devait dormir. Mais c'était important qu'elle sache, pour l'ours.

« Je m'y connais pas trop en ours. À vrai dire, je suis pas trop animal de compagnie. J'ai rien contre un chien s'il rapporte bien le gibier, dans le temps j'avais une bête qui a été blessée, mais les Cary, leur truc, c'était d'avoir un ours, et quand le colonel est mort, que vouliez-vous qu'on fasse de lui ? Il était là. Donc on n'en a pas vraiment parlé aux avocats et on l'a gardé. Joe et Lucy s'en sont occupés. Il a sa propre cabane par là-bas – un vrai petit chalet. Vous venez de Toronto, ça va vous plaire ce chalet. C'est plutôt un vieil ours, mais il a pas mauvais caractère.

Je savais pas trop quoi faire quand ils m'ont dit que c'était une femme qu'ils envoyaient ici. Je m'attendais à un homme, je sais pas pourquoi.

L'ours est là, il fait partie de la maison. Je sais pas où ils l'ont eu, y'a pas d'ours dans le coin. Peut-être que Lucy le sait, mais elle est partie chez sa belle-fille. Je savais pas trop comment vous en parler, mais vous avez l'air de bien le prendre. Faut le traiter comme un chien, m'a dit Joe. Je lui ai demandé avant qu'il s'en aille. Mais vous approchez pas trop tant qu'il vous connaît pas, il est vieux, personne sait exactement quel âge il a, mais ça peut approcher les vingt-cinq ou trente ans, donc il est pas si jeune. Je suis revenu ici après la guerre, et je me souviens pas d'avoir vu un ourson, mais enfin je venais pas si souvent. Cary aimait pas trop la compagnie, et me passait juste commande de quelques provisions de temps en temps.

Joe a laissé cinquante kilos de croquettes pour chien dans la remise. Tout ce qu'on a mis là-dedans a été payé avec l'argent que l'Institut nous a envoyé pour préparer votre arrivée.

Je ne sais pas ce que je ferais si je me retrouvais avec un ours sur les bras. Tout ce que je peux vous dire, c'est que Lucy m'a toujours dit que c'était un bon ours. Vous savez que les gens n'aiment pas trop les Indiens et disent qu'ils tiennent pas l'alcool et tout ça, mais dans le coin, Lucy est respectée, et si elle dit que c'est un bon ours, je peux me permettre de vous demander de le nourrir et de lui donner à boire tant que vous êtes là, après on verra ce qu'on décide de faire. »

Après avoir nerveusement débité son discours, il regarda par-delà les arbres sombres vers l'arrière de la maison éclairée, secoua la tête, posa sa main sur son bras pour la guider vers les marches menant à la galerie. Devant l'entrée, il lui dit qu'elle devrait essayer de venir à la marina toute seule en bateau demain. Si à quatre heures elle n'était toujours pas arrivée, il viendrait voir ce qui se passait. Le truc, c'était de tourner à gauche quand la rivière débouchait sur le chenal principal.

Il appela son fils et déguerpit.

4

Elle rentra et s'assit à la table de la cuisine, hébétée. Elle entendit le bruit du bateau à moteur qui s'éloignait, et puis plus rien. Elle ouvrit les deux portes pour pouvoir voir le feu qui brûlait dans la chambre. C'était là son royaume : une maison octogonale, une pièce remplie de livres, et un ours.

Elle ne réalisait pas. Elle était abasourdie. Il devait y avoir un mot pour désigner une découverte aussi immense et grisante – la joie, la chance, ce qui arrive par hasard : la sérendipité. Sans abandonner son métier (qu'elle adorait), elle se trouvait la dépositaire de l'une des plus somptueuses maisons de la province, au tout début de la saison estivale, dans l'une des régions touristiques les plus cotées. Certes elle était un peu isolée, mais elle aimait la solitude. Et l'idée de l'ours lui semblait follement élisabéthaine et exotique.

Elle réussit assez facilement à allumer la lampe à pétrole de la cuisine : elle approcha une allumette, tourna la molette, puis entendit le doux crépitement de la flamme. Dans la chaleur de ce halo, elle remplit la bouilloire, puisant l'eau d'un seau émaillé près de l'évier à l'aide d'une louche. L'eau était froide et sentait le soufre. La maison aussi se rafraîchissait.

Elle se prépara une tasse de thé et l'emporta dans la chambre sombre, où elle s'assit sur un long sofa tout en courbes devant la cheminée, les yeux rivés sur les flammes. Quel fabuleux hasard l'avait amenée ici, elle ne le saurait jamais. « Je vais être heureuse », murmura-t-elle.

Un de ses oncles de la campagne avait une expression quand la chance lui souriait : « J'ai les deux pieds dans une bassine de beurre. »

Elle avait froid aux pieds. Elle enleva ses bottes et fit rôtir ses chaussettes devant le feu. À moitié détendue, elle se rendit compte qu'elle était épuisée : la joie était fatigante. Elle fouilla dans ses bagages pour en tirer son sac de couchage, qu'elle déroula sur le canapé. L'énorme lit du colonel qui trônait derrière elle semblait aussi impressionnant qu'humide. Elle rangea la cuisine, éteint la lumière, dégrafa son soutien-gorge, et se glissa tout habillée dans son duvet. Elle s'endormit en écoutant les bruits du feu.

Elle se réveilla tôt. Elle avait froid. Elle tira sur son pull et remonta son sac de couchage, s'emmitouflant afin de se sentir à son aise, s'apprêtant à se rendormir. En même temps qu'elle huma la fraîcheur de l'air matinal, elle se souvint d'où elle était. La maison sentait le feu de bois et l'herbe tendre.

À sept heures, elle se leva et enfila ses bottes ; elle sortit pour étudier son royaume.

Il était vaste. Une étendue d'une centaine de mètres en bord de rivière avait été convertie en pelouse, qui commençait tout juste à verdir. Le long de la rive se dressait une rangée d'érables magnifiques, plantés à intervalles réguliers, dont la floraison débutait. Derrière eux, la rivière s'étirait, argentée, s'enroulant autour des affleurements, puis disparaissait sous les bouleaux rachitiques et les broussailles. On ne voyait nulle autre habitation à la ronde.

Elle se tenait tranquillement sur la berge, consciente que sa présence occasionnait un bruit inaccoutumé, jusqu'à ses mains qu'elle frottait dans ses poches pour les réchauffer. Elle savourait la nouveauté des lieux, les tiges jaunes des saules en bordure des buissons, le hangar à bateau de guingois, les bourgeons des arbres, puis tourna son visage vers l'incroyable maison.

La forme blanche et facettée étincelait dans le soleil du matin ; les toits noirs de ses galeries étaient suspendus comme un tablier au-dessus du rez-de-chaussée. Les vitres du premier étage étaient larges et brillantes. Au faîte du toit, deux cheminées et une coupole s'élevaient comme pour le couronner. Elle avait peine à croire à une telle perfection.

Puis elle se rappela l'ours. Elle n'avait pas rêvé. Cet homme, ce Homer, lui avait dit que derrière la maison il y avait un ours. L'idée lui avait d'abord paru délicieusement incongrue, mais il se trouvait qu'il y avait vraiment un ours. Et à cette heure, probablement un ours affamé. Elle devait aller voir. Elle ne pouvait se dérober.

Elle se demanda si l'ours serait de bonne compagnie.

5

Les animaux ne la passionnaient pas. Elle avait eu un chiot et elle avait eu beaucoup de chagrin quand il s'était fait écraser, mais il ne lui avait pas manqué. Les chatons l'agaçaient, mais elle avait bien aimé les veaux qu'elle avait vus une fois où elle avait visité une ferme. C'était là son histoire. Un maigre début face à un ours.

Bon, se dit-elle, peut-être devrais-je commencer avec les livres, procéder du connu vers l'inconnu ; mais elle devait aussi se rendre aux toilettes, qui étaient dans la même direction que sa cabane. Elle rassembla son courage. Si elle n'était pas capable de faire face à l'animal, elle trouverait peut-être un intérêt à l'observation des détails de son abri, les encoches, le mastic.

Vue de front, la maison semblait isolée et solitaire, mais d'autres constructions poussaient comme des champignons derrière elle : un abri à bois fait de planches et de linteaux, une maisonnette en rondins délabrée qui y était reliée par ce qui ressemblait à un séchoir à maïs mais qui n'était peut-être qu'une manière de conserver les vestiges d'un ancien poulailler en bois. Le tout formait un ensemble clôturé.

Elle s'en approcha par la porte sud. L'ours devait être dans la vieille cabane. Il y avait un piquet près de la porte, et de ce piquet partait une chaîne qui se perdait dans l'obscurité. Le sol était boueux, et aucune empreinte fraîche n'était visible dans la boue. Que dit-on à un ours ? se demandait-elle, en se penchant à la barrière.

« Salut », lança-t-elle faiblement vers l'obscurité. Pas de réponse. Il doit dormir, songea-t-elle ; peut-être est-il encore en train d'hiberner.

Sa rencontre avec une souris avait été la seule fois où elle avait entendu ses genoux s'entrechoquer. Elle s'attendait à avoir peur de l'ours, mais se tenait là, plutôt calme, sur le pas de sa porte. Elle était sûre qu'il était là, et qu'il était bienveillant. Quelle idiote elle faisait, pensa-t-elle.

Elle rentra à la maison, claquant la porte vitrée derrière elle. Elle avait fort à faire avant de pouvoir se consacrer à ce qu'elle voulait – commencer le travail sur les livres – car si elle ne défaisait pas tout de suite ses bagages, ce serait la pagaille jusqu'à la fin de son séjour ici. D'abord elle déploya ses affaires personnelles dans la chambre, puis elle fourra les boîtes de conserve au petit bonheur dans les placards de la cuisine. Elle mit beaucoup de temps à décider du sort qu'elle devait réserver aux produits frais, comme le beurre ou le bacon. Elle trouva un vieux grille-pain rouillé et le posa sur le feu de la cuisinière. Elle essuya une poêle en fonte et mit ses tranches de bacon à frire. Elle avait faim.

La lumière du matin se diffractait, fauve, verte, une présence mouvante devant les fenêtres. La cuisine semblait baignée d'une opacité abyssale. Quand son petit déjeuner fut prêt, elle le porta sur le perron du bûcher pour s'installer à la lumière. En s'asseyant, elle réalisa que l'ours se tenait sur le pas de la porte, et la regardait.

Un ours. Là. Qui la regardait.

Elle le regarda à son tour.

Arrive un moment dans la vie où chacun doit décider s'il est ou non platonicien, pensa-t-elle. Je suis une femme assise sur un perron en train de manger des toasts au bacon. Ceci est un ours. Pas un ours en peluche, pas Winnie l'ourson, pas la mascotte d'une compagnie aérienne. Un vrai ours.

Un demi-ours, à dire vrai, une petite moitié, hésitant sur le seuil, si bien qu'elle n'avait aucune idée de sa taille. Ce n'était qu'une boule de poils poussiéreuse en travers de la porte. Avec un long museau brun, dont l'extrémité était noire, sèche, d'une texture de cuir. Ses yeux étaient petits et tristes.

Ils se dévisagèrent pendant qu'elle mangeait, se toisant mutuellement. Ses yeux paraissaient toujours aussi petits lorsqu'il se tourna complètement face à elle : son regard était oblique, il partait des angles de son crâne. Ce long museau brun et ces petits yeux noirs se dirigèrent vers elle. Il ne semblait pas menaçant, seulement fatigué, et triste. Le seul signe d'animation qu'il montrait était le frémissement de ses narines au bruit de la fourchette sur l'assiette émaillée.

Elle pensa, on a de ces idées sur les ours : ce sont des peluches, ou alors ce sont des ogres, de féroces créatures des bois, ils vous suivent à distance, soufflant pour vous terroriser. Mais cet ours-là n'est qu'un gros balourd.

Puis, parce que si elle connaissait une chose à propos des animaux, c'était leur immense, et, de son point de vue, encombrant appétit, elle se rendit dans la remise et ramena des croquettes du sac pour en remplir la gamelle posée à côté. Puis elle s'approcha prudemment de l'ours. Il sembla légèrement plus enjoué en allongeant la patte pour tirer la gamelle près de lui, avant d'y plonger la gueule.

Puis il la regarda de nouveau, comme pour lui demander sa permission. Non, se dit-elle, en fait il veut sans doute que je m'en aille.

Elle l'observa à distance alors qu'il s'empiffrait bruyamment. Lorsqu'il eut fini, il la regarda et se pourlécha le museau de sa longue et fine langue de chasseur de fourmis. Puis il se lécha les flancs d'une langue qui semblait cette fois courte et épaisse. Puis, dans ce qui paraissait constituer un énorme effort, il se hissa sur ses quatre pattes, et s'avança vers elle.

Elle retint son souffle et demeura très très calme, immobile, s'efforçant d'empêcher ses genoux de trembler une seconde fois.

L'ours se tenait à l'air libre, sur ses quatre pattes, et la fixait, dodelinant de la tête de haut en bas, puis de biais, pour la voir dans sa totalité. Son museau était plus pointu qu'elle ne se l'était imaginé – l'influence trompeuse d'années auprès d'ours en peluche, supposait-elle – et ses yeux avaient vraiment quelque chose de porcin et de laid. Elle traversa la cour et pompa un seau d'eau.

Elle plaça le seau non loin de lui, plus près, pensa-t-elle, qu'elle n'aurait dû le faire, mais l'ours demeurait si apathique qu'elle ne pouvait pas vraiment en avoir peur. Sur le seuil de sa cabane, il lui avait semblé plus petit. Maintenant elle constatait qu'il était ce que Homer qualifierait de bonne taille : il lui arrivait à la hanche, et était aussi long que haut ; un ours adulte, avec cette bosse caractéristique entre les deux épaules.

Il se tourna pour boire, et une forte bouffée de musc et de merde parvint à ses narines. C'était indiscutablement un mâle, elle le voyait, et son arrière-train était encroûté de saleté. Après avoir bu avec avidité, il se pelotonna de nouveau contre la porte de la grange. Il avait l'air stupide et abattu. Elle se tapit dans un coin hors de son atteinte et l'observa. Sa truffe ressemblait à celle d'un chien, en plus large. Son museau était étroit, ses deux yeux étaient clos. Ce n'était pas un bel animal. Et il ne le serait jamais, s'il restait au bout de cette chaîne. Elle imagina furtivement lui redonner du lustre, en l'emmenant se promener.

« Ours, murmura-t-elle, qui es-tu, qu'es-tu ? »

L'ours ne répondit pas, mais il tourna la tête vers elle avec un regard infiniment las, puis ferma les yeux. Elle resta longtemps assise là, à fumer et boire du café ; elle l'observait. Une fois elle avait emmené ses neveux voir ce très mauvais film sur des ours. C'était tout.

Une créature guère engageante, cet ours, se dit-elle. Non qu'il soit menaçant. Il n'avait rien d'une bête sauvage, on aurait plutôt dit une femme entre deux âges, que son abattement avait rendue idiote, assise soir après soir à attendre son mari pendant si longtemps qu'au bout d'un moment le temps lui-même avait cessé d'exister pour elle ; ne restait que l'attente. Je saurai m'occuper de lui, décida-t-elle, et elle rentra.

Elle fit la vaisselle, prit un peu de temps pour réorganiser les placards de la cuisine afin de les rendre commodes pour une gauchère, pestant intérieurement contre ce service qui aurait dû, dans un tel lieu, n'être rien d'autre que ces chinoiseries bleues et qui ne l'était pas, et, consciente qu'elle était en train de céder aux délices de la procrastination, elle parcourut lentement l'arc de la maison, du salon au hall d'entrée, pour enfin se poster au pied de l'escalier.

Une telle maison, pensa-t-elle, représente une aberration pour une contrée comme celle-ci ; elle est trop sophistiquée, trop difficile à chauffer, quels que soient les bénéfices intellectuels imaginés par son concepteur piqué de phrénologie. Construire un tel édifice dans le Nord, au milieu des maisons en rondins et des fermes carrées, relevait de la prétention coloniale. Elle frissonna en pensant à cette cage d'escalier offerte au souffle de l'hiver rugissant. Lorsqu'il vendait ses plans, Fowler recommandait d'utiliser un stuc élaboré localement, qui s'était avéré aussi durable que du papier tue-mouche. Le genre d'Américain dont tout le monde sait qu'on doit se méfier.

Elle monta vers la lumière, son esprit pragmatique déplorant ces bêtises d'immigrés. Elle s'arrêta net en haut des escaliers, dans le scintillement du soleil.

Les deux cheminées ourlaient la cage d'escalier. Au-dessus étincelait l'énorme coupole vitrée. En dehors de ces éléments, l'espace était ouvert. Quatre murs étaient vitrés jusqu'au niveau de comptoirs encastrés, les quatre autres étaient tapissés de livres derrière des vitrines. Il y avait de larges canapés devant les cheminées, et des tables basses couvertes de grands in-folio. Une lampe Tilley en cuivre au mécanisme complexe était suspendue au-dessus du comptoir qui faisait face à la rivière. Les fenêtres étaient occultées avec des stores roulants en toile de style marin.

Depuis la fenêtre de la façade, la rivière prenait une autre dimension. On la voyait paresser jusqu'à ce qu'elle rejoigne le chenal.

Elle se tenait là, calme, caressant le cuivre et le cuir du télescope posé sur le rebord de la fenêtre, chassant de ses doigts nus la poussière des globes terrestre et céleste qui le flanquait. Que les livres ne soient qu'un ramassis de contes folkloriques, elle préférait ne pas le savoir pour le moment. Elle s'approcha de la table près de la cheminée nord et ouvrit un volume de gravures représentant des ruines. Piranèse. Elle fixa longuement les colonnes brisées. Puis elle se leva et regarda par la baie vitrée arrière, repoussant de la main une mouche morte sur le comptoir vide. L'ours la regardait d'en bas.

Elle flotta autour de la pièce lentement, révérencieusement. Elle marchait à travers une mer de lumière vert et or.

Elle se demandait par où commencer, et s'encourageait en parcourant nonchalamment du regard les étagères pour essayer d'appréhender le nombre et l'ordre des livres. Elle était en présence d'un esprit aiguisé, sans doute tout à fait typique du début du dix-neuvième siècle : encyclopédies, histoire britannique et grecque, Voltaire, Rousseau, géologie et géographie, spéculations géophysiques, nombre de philosophes pragmatiques et des tas et des tas de romanciers. Elle se demandait quelle bibliothèque pouvait rivaliser en perfection avec celle-ci pour l'époque. Elle ne doutait pas que son travail lui prendrait tout un été.

Elle descendit et apporta du papier, sa machine à écrire, ses fiches cartonnées. Sans tarder, elle s'assit et tapa une lettre à l'attention du directeur, en lui disant que tout allait bien. Puis elle jeta un œil à sa montre et vit qu'il était temps de se rendre au magasin de Homer.

6

Elle en était encore à chercher le bon geste du bras pour mettre en route le moteur quand Homer vira de bord pour venir se ranger à ses côtés. Elle le regarda à la lumière du jour. Il avait un visage malicieux, des lunettes rondes à montures plastique roses, de fausses dents très fausses, et de petites veines explosées sur les joues. Il portait une casquette de travail verte, et une veste multipoches rouge. Elle l'aimait bien.

Après qu'il lui eut montré le truc pour démarrer le moteur, elle le suivit le long du chenal. Il lui cria que le niveau de l'eau était bas cette année, et lui apprit le nom de chaque banc de sable, et lui demanda si elle connaissait la différence entre un banc de sable et une île ? Il faut qu'il y ait un arbre pour qu'on puisse parler d'île. Ça avait son importance par ici.

Cette île-là était celle où la vieille Mrs Bird avait été retrouvée quasi morte un printemps, entourée de ses onze enfants. Son mari était parti sur la glace pour aller chercher des provisions en janvier, et il avait dû passer à travers. Elle et ses enfants avaient survécu à l'hiver en se nourrissant de navets. Eux s'en sortaient bien, mais elle avait dû être hospitalisée si longtemps que les services de protection de l'enfance avaient été obligés de placer les enfants, et un seul d'entre eux était revenu la voir par la suite, alors qu'elle avait vécu jusqu'à quatre-vingt-quatorze ans. Il arrive encore que les gens se perdent, dit-il, les hivers où la glace est mauvaise.

L'épicerie de Homer n'aurait pas satisfait une personne aux goûts trop raffinés, mais on y trouvait le nécessaire. Elle se réjouissait d'avoir été élevée aux soupes Campbell, aux pâtes bolognaises et aux sandwichs au beurre de cacahouète. Homer vendait des pommes de terre ratatinées, des carottes cabossées et quelques choux flétris, mais aussi un bon fromage local et du beurre clair et crémeux. Il s'excusa pour les légumes. « Je dois les faire venir de Toronto et ça ne tient pas. Il faudra vous habituer aux navets et aux choux, comme nous tous. » Elle s'offrit un quart de sirop d'érable, et s'arrangea avec lui pour qu'il récupère son courrier dans la ville la plus proche.

Il s'occupa d'elle lui-même. Personne d'autre ne se montra. Elle entendait au loin quelques portes claquer ou des voix résonner, mais nulle trace de sa femme ou de sa famille.

« Comment se porte l'ours ? demanda-t-il.

– Oh, bien, je crois, dit-elle, sans savoir vraiment quoi ajouter. Il fait un peu pitié attaché comme ça.

– N'oubliez pas : même s'il a un côté humain, ça reste une bête sauvage. Ne soyez pas trop gentille avec lui.

– Est-ce qu'ils le promenaient ?

– Pardon mais j'en sais foutre rien de ce qu'ils faisaient avec lui.

– Je pourrais l'emmener se baigner.

– Je ferais pas trop la maline avec lui. Vous risqueriez de l'apprendre à vos dépens. Il paye peut-être pas de mine comme ça en boule dans la remise, mais un ours, ça pèse son poids. Il est capable de vous arracher la tête d'un coup de patte. Il doit peser dans les trois cents kilos.

– Et Mrs Leroy, elle ne le promenait pas ? »

Il sourit. « Oh, elle, c'est une marrante. Je l'ai vue avec cet ours. Elle sortait une de leurs chaises de cuisine et s'installait dans la cour et lui parlait pendant des heures. Peut-être en français, peut-être en cree, j'ai jamais su. C'est une excellente tricoteuse, Mrs Leroy, et aux beaux jours elle restait là assise à lui parler et à tricoter un kilomètre par minute. Ça valait le coup d'œil, ces deux-là ensemble. » Son regard redevint fuyant. Il avait quelque chose en tête, mais il ne voulait pas en parler.

« Il n'est pas méchant, n'est-ce pas ?

– Cet ours ? Bon sang, non. C'est juste… Enfin, c'est un bon vieil ours, et ça fait si longtemps qu'il est au bout de cette chaîne que personne peut dire ce qui pourrait arriver si vous le lâchiez. Peut-être qu'il vous tuerait, peut-être qu'il irait juste s'asseoir dans un coin, peut-être qu'il traverserait la cour et pisserait un coup… Mrs Leroy serait sûrement pas trop contente si vous le laissiez se barrer, pareil pour les fermiers le long de la côte… »

Elle promit que ça n'arriverait pas, et rentra seule en bateau à moteur, serpentant le long de la rivière.

Les eaux étaient sombres, et pourtant limpides, avec un aspect métallique, trop froides pour qu'on y laisse tremper sa main. Elle navigua entre bancs de sable, îles, et roseaux bordant les berges pour rejoindre son quai, et porta ses provisions jusqu'à la maison isolée.

Dans la soirée, elle monta à l'étage avec un chiffon et astiqua les encriers de verre, les plumiers et les globes jaunis. Elle se battit avec le télescope jusqu'à ce qu'elle arrive à voir au loin la rivière déserte dans les dernières lueurs du jour. Puis elle alluma la lampe Tilley, plaça un rouleau d'étiquettes dans sa machine à écrire et s'attela à la tâche impérieuse consistant à imposer un ordre numérique à une structure conçue de manière idiosyncrasique, l'attribution de ces numéros étant censée lui permettre d'en comprendre le fonctionnement.

Au début, elle travailla rapidement, presque éperdument. Elle pressentait qu'une joie inconnue l'attendait, mais que celle-ci pouvait tout aussi bien facilement lui échapper. Elle devait être vertueuse et efficace. C'était comme cette odeur qui parfumait l'air le matin et le soir, insaisissable et mystérieuse. Tout le monde rêve d'être Robinson Crusoé, et c'était presque une torture de sentir son destin de Robinson seulement à demi éclos. Pour ne pas laisser passer ma chance, je dois m'y mettre tout de suite, pensa-t-elle.

Au bout d'une heure, elle grelottait. Elle descendit, enfila un pullover, fit chauffer la bouilloire. En se rendant aux cabinets dehors, elle vit le regard vert profond de l'ours qui la suivait. Lorsqu'elle traversa la cour jusqu'à la porte de derrière, il se leva et grogna. Elle demeura relativement calme, laissant ses yeux s'adapter à l'obscurité afin de distinguer la forme sombre. Il s'avança pesamment vers elle, tête baissée, la regardant d'un air hésitant. Lorsqu'il eut atteint le bout de sa chaîne, il s'assit sur son arrière-train et grogna comme un cochon.

Se frayant prudemment un chemin entre les grossières planches du bûcher, elle rentra pour aller lui chercher les restes de son dîner. Il engloutit le tout d'un coup de langue, puis lui lança un regard qui semblait suppliant. Elle se positionna le plus loin possible de lui, et lui tendit une main raidie. Il la lécha en déroulant une longue langue striée, mais lorsqu'elle tenta de lui flatter la tête il se détourna d'elle.

De nouveau à l'étage, elle parcourut les bibliothèques dans la faible clarté, tournant amoureusement leurs clefs de cuivre carrées, tirant doucement un volume par-ci, un volume par-là. Le fonds était remarquable, même s'il ne répondait pas aux canons de l'érudition, et il avait été entretenu par les descendants de Cary de manière à couvrir l'ensemble du dix-neuvième siècle en trois langues. Hume. Smollett. Hume et Smollett. Byron, évidemment, ainsi que les autres romantiques. Sheridan, Dickens. Thackeray. Eliot. Pas de Trollope. Mrs Gaskell. Bulwer-Lytton. Tiens, Darwin – mais pas une première édition. Jane Austen bien sûr. Maupassant. Lamartine. Goethe, Schiller, beaucoup d'Allemands, et elle ne lisait pas l'allemand.

Quelques contributions au matrimoine, Mrs Hemans (« Le garçon se tenait sur le pont brûlant… ») et Eliza Cook (« Je l'aime, oh ! oui je l'aime ; qui pourrait me blâmer / d'aimer ce vieux fauteuil »). *Les Nuits* de Young. Oh, vraiment tout.

C'est son amour de la lecture qui l'avait amenée à choisir ce métier. Alors qu'elle contemplait ces merveilleuses bibliothèques, elle fut frappée de constater combien elle lisait peu aujourd'hui. La plupart du temps elle avait affaire à des manuscrits indéchiffrables et à des cartes surchargées d'écritures. Quant aux livres, elle s'attachait principalement à leurs caractéristiques externes. Ici, elle aurait le temps de lire.

Elle découvrit un volume de la *Penny Cyclopædia*, l'encyclopédie populaire éditée sous la direction de Lord Brougham par la Société pour la diffusion des connaissances utiles, qui était posé à plat. Elle s'en empara, et un morceau de papier voleta jusqu'à ses pieds.

Selon le système de Linné, l'informait-on d'une écriture manuelle à l'encre brune, aux jolis arrondis, *le genre Ursus est placé entre Mustela et Didelphis. L'ordre inclut Arctos, les ours à proprement parler, Meles, les blaireaux, Lotor, le raton laveur, et Luscus, le carcajou. Démarche : plantigrade ; molaires : tuberculées ; stature : imposante. Carnivore. Frugivore. Queue généralement courte. Cerveau et système nerveux bien développés. Griffes non rétractiles, aptes à creuser. Grande acuité sensitive. Os cylindriques plus similaires à ceux des humains qu'à ceux des autres quadrupèdes, en particulier les fémurs. D'où la capacité à se dresser et à danser. La langue comporte un sillon longitudinal.*

Les reins sont lobés, formant une grappe, absence de vésicules séminales. Présence d'un os pénien. Chez la femelle, le vagin comporte des stries longitudinales. Le clitoris réside dans une cavité interne.

Des étincelles jaillissaient des bûches de cèdre. Elle compara l'écriture aux échantillons contenus dans ses dossiers. C'était indiscutablement celle de Cary. Lorsque la lampe commença à faiblir elle alla se coucher et rêva de ce qu'elle avait lu au dos du papier : elle vit les Kamtchadales qui la regardaient depuis leur haute péninsule à travers les vitres et les masques anti-neige qu'ils fabriquent à partir des intestins d'ours, et elle entendit le sifflement de l'herbe tombant sous leurs faux constituées d'omoplates d'ours aiguisées.

7

En ville, les matins sont une chose qu'on ne fait que supporter. Il n'y a pas plus d'aube que de véritable obscurité. Au moins entend-on, après une averse ou le passage de la balayeuse, le crissement des pneus sur l'asphalte mouillé. Ici, elle se réveilla, de nouveau grelottante, et offrit son nez à l'air comme un animal. La lumière était extraordinairement blanche dans la chambre. Elle s'extirpa du lit d'apparat du colonel et s'approcha de la fenêtre. En ce printemps, le monde avait revêtu sa fourrure de neige tardive.

C'était une chose douce et épaisse, tout à fait réjouissante à moins de devoir conduire ou d'être à moitié mort, des paquets de neige tombant déjà telles de grosses chenilles des branches verdissantes. Elle inspira encore. La neige a sa propre odeur, froide. Elle mit ses bottes et sortit et pissa, se demandant depuis combien de temps elle n'avait pas fait ça, jaunir la neige. Pas d'ours en vue. Il devait se terrer dans son étable pour une nouvelle hibernation.

Elle se tenait à l'extérieur, à l'écoute. De petits oiseaux piaillaient. La rivière léchait les roseaux et les pierres avec un bruit de succion. Des branches craquaient et frottaient entre elles. Les feuilles mortes bruissaient au pas des oiseaux. Peut-être était-ce aussi l'ours qui reniflait et ronflait dans sa cabane.

Elle rentra, elle détestait perturber le précieux silence feutré. Elle emplit la bouilloire, laissant nerveusement retomber la louche dans le seau. Elle s'habilla et perçut comme des bruits de déchirure. Elle tapa des pieds pour enfiler ses chaussures, et entendit leurs lacets crisser alors qu'elle les nouait. Elle racla le couteau à beurre sur sa tartine. Fit cliqueter sa cuillère en remuant son café. Tout le monde n'est pas fait pour vivre dans le silence, se dit-elle.

L'ours sortit de son abri lorsqu'elle fit tinter sa gamelle. Toujours avec la même expression intimidée, il ramena l'assiette à lui avec sa patte. Elle lui tendit sa main. Il posa brièvement son museau sur sa paume. Puis se détourna pour manger. Bien. Ils commençaient à être amis.

Elle monta à l'étage pour ficher et classifier dans la lumière vive. Le testament de Cary spécifiait que les livres ne devaient pas quitter la maison. Le directeur et elle avaient imaginé fonder une antenne d'été pour l'Institut, si la propriété s'y prêtait. Mais aujourd'hui il lui apparaissait que tout ici avait été importé. La fréquentation du bâtiment par des chercheurs n'aurait été justifiée que pour travailler sur des sujets d'histoire locale. On ne vient pas dans le nord de l'Ontario pour étudier le Londres de 1825.

Où peut-être que si ? se demanda-t-elle malicieusement.

La neige continuait à dégoutter des branches, traversant son champ de vision pendant qu'elle travaillait. À midi tout avait fondu. Elle mit ses bottes et sortit explorer.

Ce qui est évident s'agissant des îles, et qu'on a tendance à oublier une fois qu'on y a débarqué, c'est que ce sont des créatures aquatiques. Celle-ci était petite. La clairière ici était entourée de broussailles impénétrables. Il n'y avait pas de plage, et à cet endroit la végétation descendait jusqu'à la rive. Au sud de la maison cependant, un sentier avait été ouvert jusqu'à la pointe sud, et là, dans l'un des magnifiques érables du colonel, une sorte de nid-de-pie avait été construit. Elle escalada l'échelle en bois et, coiffant ses yeux à la manière d'un marin d'illustrés, elle porta son regard bien au-delà du delta, vers les étendues ouvertes de la mer intérieure.

Elle découvrit une trouée dans les broussailles, et pénétra solennellement dans la forêt, comme si elle commettait une intrusion dans quelque église étrangère. Le sol était spongieux, grouillant de larves d'insectes à moitié écloses, ici et là encore blanc de la neige du matin. Se persuadant qu'on ne pouvait pas se perdre sur une île, elle s'engagea dans une montée, grimpa la pente encombrée, et se retrouva aux abords d'une minuscule mare. Des bulles de gaz des marais ou de souffle de castor montaient paresseusement de ses profondeurs noires. Elle leva les yeux et vit en haut d'un arbre mort un couple d'autours qui semblaient la maudire du regard. Elle retourna vers la maison en balançant ses bras pour faire de l'exercice. Elle aurait aimé qu'il fasse assez chaud pour pouvoir nager.

Elle monta travailler. Même frigorifiée, on pouvait compter sur elle. Elle s'assit à son bureau et commença à répertorier ce qui devait l'être. Puis, confusément, se posant la question de savoir comment il allait réagir à la neige, elle commença à penser à l'ours.

Sa grosseur, ou plutôt sa capacité à modifier l'appréhension qu'on pouvait avoir de sa taille, l'exaltait. Hier il était là tel un manteau de fourrure à me regarder, pensa-t-elle, et aujourd'hui on aurait dit un raton laveur. Elle alla à la fenêtre pour voir de quoi il avait l'air à présent et elle entendit un bruit très étrange : une sorte de fredonnement ou de plainte. Cependant, depuis son nid d'aigle, elle ne parvenait pas à voir quoi que ce soit.

Elle descendit. Sortit par la porte arrière. Là, sur le perron, se tenait une très très vieille femme. Elle marmonnait et chantonnait en direction de l'ours.

C'était une vieille Indienne. Elle ressemblait à cette femme qui vendait des friandises dans la rue quand Lou était petite, une vieille sorcière indienne édentée qui portait une tonne de gilets superposés et des baskets, dix cents le sachet, Lou en avait acheté et sa mère lui avait dit que c'était de l'argent jeté par les fenêtres, que c'était de la mendicité.

Elle baragouinait devant l'ours, qui se tenait moitié à l'intérieur moitié à l'extérieur de son abri et la regardait intensément. À un moment il cligna de l'œil.

Au même instant ou presque, Lucy Leroy regarda autour d'elle. « B'jour », dit-elle, tendant une main rabougrie, souriant de ses gencives édentées. Elle était toute ratatinée. Lou imaginait son corps à travers ses vieilles frusques qui tenaient avec des épingles, elle imaginait les plis et les marques du temps, les vieux seins vides : moi aussi je serai comme ça, pensa-t-elle.

Mais les yeux de la femme étaient vifs comme des huîtres. Elle lui tendit la main. « Nouvelle madame, dit-elle. Nouvelle madame. Gentil ours. Gentil ours.

– Je n'ai pas entendu votre bateau arriver. »

Lucy sourit bizarrement, toujours agrippée à sa main.

« Gentil ours, dit-elle. Gentille madame. Prends soin de l'ours.

– Je ne suis pas sûre de savoir bien prendre soin de lui », dit-elle modestement en bonne citadine.

Lucy plissa ses petits yeux vifs. « Gentil ours, dit-elle. Ours ton ami. J'étais une petite fille. Je venais de Swift Current. Me suis mariée avec un homme, suis venue ici. Maintenant je vis sur Neebish. C'est un gentil ours. J'ai cent ans. Je sais lire. Je suis allée à l'école chez les missionnaires.

– Et l'ours ? »

Les traits de Lucy se plissèrent sous l'effet d'une infinie gaieté. Elle n'avait pas l'air d'avoir cent ans, elle semblait éternelle. « Chie avec l'ours, dit-elle. Là il t'aime. Le matin, tu chies, il chie. Les ours, leur vie, c'est sentir. Il t'aimera. »

Lou s'efforçait de ne pas grelotter lorsqu'elle entendit le moteur d'un bateau. Lucy se leva. Elle arrivait à peine à la poitrine de Lou. Elle était vieille et courbée. « C'est Joe. Je pars. »

Cric crac, elle avait disparu. L'ours ne broncha pas, pas plus que Lou. Pas le temps. Lucy était partie, c'était tout, cent ans, pétillante, édentée, et hop, disparue. Un bateau pétarada au loin.

Lou s'accroupit et regarda l'ours. Elle pensa aux cabinets et aux lunettes d'émail bosselées. Elle pensa aux toilettes à la turque, avec leurs emplacements pour les pieds et leur simple trou. Elle regarda l'ours et commença à rire. Elle avait l'impression qu'il riait aussi.

8

Le lendemain matin lorsqu'elle sortit dehors, le soleil, comme pour contrebalancer l'aberration représentée par la neige tardive, distillait une vraie chaleur. Elle y demeura pendant un moment en s'étirant. Ça lui labourait la peau à travers son pyjama. Elle resta pensive un instant puis, sur la pointe des pieds, elle avança avec précaution jusqu'à la cabane de l'ours, s'accroupit le long de son mur, puis, avec difficulté, expulsa le maigre contenu de ses intestins. L'ours, le corps allongé à l'intérieur, et la tête posée au soleil, frémit simplement des narines.

« Viens », dit-elle quand elle en eut fini avec cette action humiliante. « Viens. » Elle tira sur sa chaîne. Détacha la chaîne du poteau. Au début il ne réagit pas ; puis il se mit sur ses pattes, l'air endormi. Lorsqu'elle tira plus fort, il se mit lentement en marche à sa suite. Espérant qu'il n'allait pas se mettre à courir et qu'elle ne se retrouverait pas fatalement traînée derrière lui, elle le conduisit à la rivière.

Il était nerveux et passif. Aucune tension dans la chaîne. Elle se débarrassa de ses bottes, retroussa le bas de son pyjama, et le conduisit prudemment dans l'eau. Il s'assit et frotta son derrière encroûté contre les rochers. Puis il gémit faiblement, et baissa la tête pour boire. Terminé. Il la regarda, attendant un signe. Qu'était-il supposé faire ? Elle vit que ses pieds avaient bleui et sortit de l'eau à sa suite pour fouler la jeune herbe chaude. Il renâcla et recula, puis changea d'idée et se rapprocha d'elle.

Pour elle, ce premier embryon de rébellion représentait un regain de vie, et elle s'en réjouit. Elle donna du mou à la chaîne, sans tout à fait la relâcher. Il se baissa de nouveau dans l'eau peu profonde, fut saisi d'un grand frisson qui créa des remous autour de lui. Sa courte queue remuait. Il continua d'avancer, battant l'eau de ses pattes. Un moment elle eut peur qu'il s'éloigne trop, mais non, parvenu au bout de sa chaîne il recula, détendu, et s'assit en lui tournant le dos, humant l'air à la ronde. Sur une impulsion, elle puisa de l'eau dans ses mains et la lui versa dessus.

Il se secoua et frissonna. Elle faillit chanter comme un coq.

Plus tard, sur la rive, il s'ébroua et elle fut toute mouillée. Elle rit, lâcha complètement la chaîne et fila vers la maison. Elle trouva une vieille brosse dans le bûcher, s'assit et commença à l'étriller. Je suis une vraie maman, se dit-elle.

Dans l'après-midi, un autre bout de papier tomba d'un autre livre :

Tableau comparatif des longévités
Ornithorynque ....10 ans
Chimpanzé..................40 ans

Castor	*19 ans*
Martre	*15 ans*
Loup	*16 ½ ans*
Ursus arctos	*34 ans*
Leo	*30 ans*
Elephas	*69 ans*

Elle regarda la note. La tourna et la retourna. Donc, il écrivait de petites choses à propos des ours. Bon Dieu, il n'aurait pas pu choisir d'autres sujets pour ces petites notes, ce sale égoïste ? Ce dont l'Institut avait besoin, ce n'était pas d'une belle maison ou d'une collection de *curiosa* zoologiques, mais de matière pour documenter l'histoire du peuplement de la région. On manquait cruellement de documents historiques sur ce canton depuis l'arrivée des jésuites jusqu'aux nouvelles expéditions de 1878, et de quoi Cary lui parlait-il dans ces petites notes – des ours. Elle avait envie de prendre chacun de ses livres et de les secouer jusqu'à ce que leur reliure se détache. Au lieu de cela, elle data et répertoria scrupuleusement sa note, marquant sur son enveloppe le titre du livre d'où elle était tombée. Peut-être que lorsqu'elle serait très vieille elle reviendrait et créerait un mystérieux acrostiche d'après les dates et les titres de ces livres et penserait avoir ainsi trouvé l'élixir de longue vie.

« Cary, espèce de vieux bon à rien », s'entendit-elle dire, contemplant le portrait qui trônait au-dessus de la cheminée. Derrière la vitre poussiéreuse, sa tunique écarlate avait viré au rose, mais sous le rouge de ses joues de poupée, l'arête de son nez tanné par le soleil, ses yeux noirs encore brillants, le mince et élégant colonel lui rendit son regard.

Lorsqu'elle se tourna pour regarder par cette fenêtre qui avait été la sienne, elle eut l'impression que ses yeux la suivaient et pendant un instant elle fut Cary s'avançant fièrement vers le nouveau monde, *Atala* sous un bras, *Oroonoko* et les manuels de Capability Brown sous l'autre. Elle se plongea sans tarder dans les notes de sa petite-fille. « Le colonel John William Cary reçut une éducation à la fois classique et militaire au Royal Military College, à Great Marlow, et en garda l'habitude de l'étude lorsqu'il fut expatrié. C'est ainsi qu'il acquit l'érudition nécessaire pour soutenir la conversation savante de Byron lors de son séjour à Malte. Lorsqu'il était cantonné en ce territoire devenu ultérieurement l'Italie, il importa de nombreux livres à grands frais d'Angleterre. Sa femme s'agaçait de cette passion. »

Je peux l'imaginer, pensa Lou.

Ursus arctos, ours, orso, bar, bjorn : habitent les régions montagneuses des Alpes, des Pyrénées, du cercle arctique. Également présents en Sibérie, sur la péninsule du Kamtchaka et en Amérique du Nord. Les Lapons le vénèrent et l'appellent chien de Dieu. Les Norvégiens ont un dicton : « Un ours a la force de dix hommes et l'intelligence de douze. » Ils ne l'appellent jamais par son nom de crainte qu'il ne ravage leurs récoltes. Ils préfèrent parler de lui en disant « Moedda-aigja, senem cum mastruca », le vieil homme en manteau de fourrure.

Elle regarda par la fenêtre arrière. « Mon peuple, je te salue », dit-elle. Elle se remit au travail.

Un pont prolongeait le week-end suivant. Pendant une courte période, la baie se couvrit de canots à moteur, des panaches de fumée s'élevèrent d'autres petites îles. Elle se sentait envahie, bien que personne n'ait accosté à son quai. Un après-midi où elle était dans un transat sur la pelouse, elle fit semblant de ne pas voir les saluts que lui adressaient des pêcheurs. Cette nuit-là elle vit des feux d'artifice tirés au-dessus de l'eau et jura sentir l'odeur d'un million de marshmallows grillés. Elle imaginait Cary déployer un Union Jack délavé le jour de l'anniversaire de la reine. Il pensait certainement qu'en tant que reine, Victoria représentait quelque amélioration par rapport à Caroline, mais il était contre le puritanisme qui commençait déjà à pointer son nez.

Elle instaura une routine. Elle travaillait le matin, puis, l'après-midi, elle disparaissait dans les bois, foulant les tapis de trilliums et de lys jaunes, d'anémones hépatiques et de quatre-temps. Les tilleuls avaient déployé leurs larges feuilles. Souvent, voilée et masquée pour se protéger des mouches noires, elle s'attardait aux abords de la mare. Les autours la couvaient de leurs regards impénétrables perchés sur leur aulne écorcé.

Si la journée était chaude, elle emmenait l'ours se baigner. Loin de faire montre d'enthousiasme à son approche à la manière d'un chien, il se contentait de la suivre docilement lorsqu'elle tirait sur sa chaîne. Puis, dans l'eau, il s'asseyait tel un gros bébé myope, savourant placidement ce retour à l'élément liquide.

Une fois par semaine Homer lui apportait son courrier. Une fois par semaine elle allait faire ses courses chez Homer, parfois tardivement car les soirées étaient désormais longues, elle prenait soin de bien longer le chenal si bien qu'elle faisait s'envoler hérons et butors des joncs sur son passage. Un jour elle prit sa voiture pour se rendre à une ville proche afin de s'acheter du whisky et de la viande fraîche. Le gouvernement avait ouvert un débit de boissons dans un camion remorque orange et blanc.

Elle travaillait le matin et en soirée, moins efficacement que ce qu'elle aurait fait au bureau car, pour une fois, elle avait envie de prendre son temps.

Un soir elle avait sorti son dîner pour manger au soleil sur le perron du bûcher (l'absence de lumière dans la cuisine semblait indiquer que quel que soit le membre de la famille Cary qui avait construit cette maison, il n'avait pas consulté sa femme). L'ours était assis près d'elle, autant que sa chaîne le lui permettait. Elle le libéra et il vint s'asseoir à ses pieds. Elle tendit sa main et commença à lui pétrir l'encolure. La peau de son dos était lâche et sa fourrure était épaisse, très très épaisse, elle commençait à briller grâce aux baignades. Il la regardait d'un air grave, balançant sa tête d'un côté puis de l'autre, comme s'il n'arrivait pas à la voir de ses deux yeux en même temps.

Plus tard, elle remonta à l'étage. Elle était profondément absorbée dans le classement d'une série de manuels d'histoire naturelle de la période victorienne lorsqu'elle perçut un bruit inhabituel en bas ; elle se raidit ; se figea ; retint son souffle. Une porte s'ouvrit en grinçant.

Pendant un instant, désarmée, elle fut prise de panique. Puis, sans savoir pourquoi, elle se détendit un peu. La pesante démarche qui s'avançait s'accompagnait d'une sorte de grattement : le cliquetis de griffes sur le linoléum.

Elle l'entendit étancher sa soif au seau d'eau émaillé.

Elle se posta en haut des escaliers. Elle le vit en bas, qui la fixait dans l'obscurité. « Rentre te coucher », lui lança-t-elle.

Ses grosses pattes montaient les marches dans sa direction. Elle se retrancha derrière son bureau et s'assit, se recroquevillant contre la fenêtre.

À l'intérieur de la maison, il semblait d'autant plus gros. Arrivé en haut de l'escalier, il se dressa de toute sa hauteur, dans cette posture qui fait qu'on compare l'ours à l'homme, pattes avant ballantes : un croisement entre un roi et une marmotte, pensa-t-elle alors qu'il tournait sa tête de myope de tous côtés. Puis il leva sa paume en guise de salutation ou de bénédiction, avant de retomber sur ses quatre pattes.

Il marcha tranquillement le long du mur jusqu'à la cheminée, et se coucha devant le feu.

Il connaît le chemin, se dit-elle.

Elle s'approcha avec précaution. Il se tortillait comme un chien, essayant de trouver la position la plus confortable. « Eh bien, lui dit-elle. Tu ne t'embêtes pas, toi. »

La pièce semblait plus sombre à cette heure. Elle alluma une lampe supplémentaire. L'ours leva les yeux lorsque celle-ci s'enflamma en crachotant, avant de reposer sa tête sur ses pattes pour, semble-t-il, plonger dans le sommeil.

Elle comprit qu'elle n'arriverait pas à taper à la machine en lui tournant le dos. Elle n'arrêtait pas de faire des coquilles. En conséquence, elle se servit un verre, prit un livre et s'installa sur le canapé à côté de lui, repensant à l'avertissement de Homer : « C'est une bête sauvage, quand même. »

Elle avait tiré des étagères une biographie de Beau Brummell. Peut-être pouvait-on approcher Cary à travers ses contemporains, quoiqu'elle eût été bien en peine d'imaginer le dandy dans les bois, tout comme sans doute lui-même ne s'imaginait pas finir crasseux et fou dans un asile à Calais.

Le livre présentait les pires travers des biographies post-victoriennes. C'était à la fois pompeux et approximatif, mal documenté, mal indexé. Le monde s'est amélioré en un sens, se dit-elle, et dans sa tête une nuée de chercheurs virevoltait d'une information à une autre, chacun d'eux débusquant les erreurs et vérifiant chaque détail de la vie du dandy inventeur de la cravate et devenu si arrogant qu'il avait insulté le roi en personne. Cary l'avait peut-être connu, pensa-t-elle. Il était à Londres après la fin de la guerre. Peut-être dînait-il au White's Club avec ses amis officiers. Est-ce qu'il aurait snobé l'homme qui avait refusé de servir son pays à Manchester, ou aurait-il simplement ri en frottant ses mains gantées ? Ou peut-être qu'un seul regard vers lui l'avait décidé à émigrer sans plus tarder.

Le feu flamboyait. L'ours dormait en soufflant, ouvrant de temps en temps l'œil en direction du feu. Elle se réchauffait, enleva ses chaussures, et bientôt ses pieds nus se retrouvèrent à parcourir son épais et doux manteau, l'explorant de ses orteils, découvrant moult profondeurs et couches successives.

Le beau Brummell subjuguait les duchesses. Beau en voulait toujours plus. Comme elle le désapprouvait, comme elle l'admirait ! Son sens de sa propre individualité avait la perfection d'un œuf et n'avait jamais fléchi. Il était resté indifférent aux circonstances et aux événements. Quelle chance qu'il ne se fût jamais marié, pensa-t-elle : la vie domestique lui aurait paru misérable. Le sous-lieutenant Brummell, qui avait refusé d'aller à Manchester (non en raison de convictions libérales lui interdisant de mater une révolte populaire, mais simplement parce que les gentlemen ne mettent pas les pieds à Manchester), qui rechignait à se frotter à la réalité, même avec des pincettes, qui avait inventé la cravate et lancé la mode consistant à faire sa toilette… Rien de moins que cela !

Elle leva les yeux vers Cary, puis les baissa vers l'ours et se sentit soudain merveilleusement heureuse. Les mondes changeaient. Deux hommes portant l'uniforme écarlate, deux hommes qui avaient bien vécu ; aucun d'eux vraiment riche ou très bien né, tous deux, elle en était sûre, ayant fini ruinés. Elle se sentait victorieuse par rapport à eux ; elle se sentait leur héritière : une femme frottant ses pieds dans l'épaisse fourrure d'un ours représentait bien plus que tout ce qu'ils auraient pu imaginer. Plus encore qu'une victoire militaire : la splendeur.

N'importe quoi. Trop de whisky. Elle se leva et souffla la lampe d'appoint. Il était temps d'aller au lit. Cary et Brummell n'avaient que faire de sa pitié ou de ses propres victoires. Cary était loin d'avoir été ruiné : cette maison était la sienne et elle l'occupait. N'importe quoi. Quelle idiote elle faisait.

« Viens », dit-elle brusquement à l'ours. Elle plaça le pare-feu devant la cheminée et éteignit la lampe Tilley. L'ours se leva en bâillant, et descendit pesamment les escaliers devant elle, son arrière-train se balançant maladroitement au fil des marches. Il sortit par la porte arrière sans se retourner, elle la verrouilla derrière lui. Elle se pompa un seau d'eau fraîche. Puis se coucha.

9

Le lendemain elle était assise au soleil en train de mastiquer son petit déjeuner, frissonnante parce que le temps s'était détérioré. L'ours était comme à son habitude allongé devant la porte de son étable, et la regardait. À quoi pense-t-il ? se demandait-elle.

Petite, elle avait beaucoup de livres avec des animaux. Elle avait été élevée aux doux miaous des Beatrix Potter, A. A. Milne et Thornton W. Burgess ; puis elle était passée à Jack London, Thompson Seton – ou était-ce Seton Thompson, avec les empreintes d'animaux dans la marge ? Grey Owl et Sir God Damn Roberts, que sa grand-mère aimait tant. Pistes sauvages et pas furtifs avaient passionné toute une génération, de même que les animaux enfilant l'uniforme anthropomorphique de tyrans, de héros, de malades, de gentils petits enfants ou de mères de famille cancanières. À une certaine époque, il était inenvisageable que le monde des parents et des bibliothécaires ait été peuplé d'êtres autres que des animaux ou des elfes. Une bonne diversion, sans doute, à l'époque où Freud découvrait la sexualité enfantine.

Cependant elle avait le sentiment que ni les auteurs ni les lecteurs de ces livres ne s'y connaissaient en matière d'animaux. Elle non plus n'y connaissait rien. C'étaient des créatures. Ils n'étaient pas humains. Elle imaginait que leur fonction était définie par leur taille, leur forme et la complexité de leur cerveau. Elle leur imaginait également une vague vie psychique, intermittente, inarticulée.

Lui, ce qu'elle voyait, c'est qu'il était là, allongé dans le faible soleil, la tête posée sur ses pattes. Cela ne pouvait en rien la faire présumer d'une souffrance ou d'une absence de souffrance. De ce qu'il préférait les pyjamas rayés ou à pois. Ou qu'il écrirait un jour un livre peuplé d'humains affublés de pensées oursomorphiques. Un ours est un être plus proche d'une île que d'un humain, pensa-t-elle. Aux yeux d'un humain.

Hier soir : le terrifiant crissement de ses griffes sur le linoléum, son changement de stature au sommet des escaliers. Elle avait tremblé, littéralement tremblé : elle s'était terrée dans un recoin de la fenêtre. Si elle avait été debout, ses genoux auraient de nouveau tremblé. Il était plus petit qu'elle, il ne mesurait pas beaucoup plus qu'un mètre cinquante, mais il était d'une densité incroyable, cette largeur de poitrine, cette envergure. Déployé, son bras faisait deux fois le tour d'un homme.

Ses griffes, non rétractables, donc : elle contemplait l'ours avec respect, et un résidu de peur.

La vieille Lucy Leroy, comment parlait-elle à l'ours, déjà ?

Comment se fait-il qu'il connaisse le chemin pour aller à l'étage ?

Non, reprenons depuis le début : comment et que pense-t-il ?

Le cliquetis de la fourchette sur l'assiette sembla le tirer de sa rêverie.

Il se leva lentement et se traîna jusqu'à elle, bougeant la tête avec ces manières de serpent qui semblaient lui être naturelles. Elle se rendit compte qu'il était toujours détaché, et elle se leva soudainement, pensant, je ne veux pas qu'il sente que j'ai peur. Elle fit un pas vers lui et lui caressa la tête. Il lécha une fois sa main et retourna d'un pas pesant vers son étable. Elle n'eut aucune difficulté à raccrocher sa chaîne à l'anneau du collier.

Quelles que soient ses pensées, décida-t-elle, il se comporte très bien. Et elle monta travailler.

Elle trouva le livre du soir précédent sur Brummell posé sur le sofa. Cela semblait loufoque de vouloir l'embrigader dans l'histoire de ce lieu, de l'arracher aux thés avec la duchesse de Whosit, qui aimait tant les chiens, aux clubs et aux banquets où il régnait grâce à son audace sans limites. Cependant cette jolie pelouse pentue, ces rangées d'arbres magnifiques le long de la berge, cette vue depuis la coupole si savamment pensée, tout cela était le produit de son espace et de son temps, car tout comme Blake ou Wordsworth, Cary et Brummell avaient désiré un monde meilleur. L'enfant égocentrique qui essayait d'attirer l'attention du souverain à Eton et l'officier rougeaud sur ses cabinets portatifs, rêvant de cartes à Malte, étaient autant imprégnés de romantisme que les poètes qu'ils auraient méprisés du fait de leur basse extraction. Et voyez où leurs aventures les avaient menés.

Elle s'astreint à une rude matinée de travail. Vers midi, les cieux se déchirèrent. Il pleuvait comme jamais. Il pleuvait à seaux, des trombes d'eau grise. Le tonnerre grondait. Les éclairs se déchaînaient. Le ciel était d'un gris profond. La large rivière s'aplanit et se contracta sous les gouttes de pluie. Une brume commença à s'élever. Elle entendait la pelouse se muer en bouillie.

Elle s'approcha de la fenêtre arrière et regarda en direction du repaire de l'ours. La cour était une mer de boue, et elle repéra vaguement ses yeux qui luisaient dans l'obscurité. Je ne pourrai pas l'emmener à l'intérieur ce soir, songea-t-elle.

La pluie tambourinait sur le toit et dévalait les corniches. Elle ne se souvenait pas d'avoir vu tant de pluie, à part en Angleterre. Elle se demandait s'il y avait un paratonnerre au sommet de la coupole. C'était un miracle qu'elle ne fuie pas.

La pluie lui donna envie d'uriner. Elle descendit et trouva, comme elle s'y attendait, un pot de chambre à couvercle décoré de roses à l'intérieur d'une table de nuit. Elle l'utilisa, reconnaissante. Puis résista à l'envie de se glisser dans son sac de couchage en mettant ses mains sur ses oreilles. L'ours, lui, est dans son sac de couchage avec ses pattes sur ses oreilles, pensa-t-elle affectueusement. Il n'avait pas les prétentions propres aux classes moyennes, n'avait pas à garder la tête haute, même pour lui. Elle se rendit dans la cuisine et commença à se préparer une soupe.

Plus tard dans la journée, la pluie cessa d'un coup. Le soleil se montra et brilla à travers les arbres, transformant sa vue depuis la bibliothèque en un stupéfiant tunnel verdoyant. Elle enfila ses bottes et descendit vers la rivière. Le bateau était à moitié coulé. Elle écoperait plus tard. Pour le moment elle voulait écouter le monde de la rivière s'ébrouer.

Un butor lança un cri sinistre. Brusquement, un vol d'hirondelles traversa le ciel. Un poisson bondit hors de l'eau. À ses pieds, des œufs de grenouille luisaient dans le soleil.

10

Le lendemain matin, il faisait chaud. Elle emmena l'ours à la rivière, accrocha sa chaîne à un piton du quai, et plongea nue à ses côtés. Il semblait énorme, avec sa fourrure tantôt gonflée tantôt plaquée sur lui comme sur un phoque. Elle barbotait près de lui, envoyant de petites vagues dans sa direction. Il faisait claquer ses pattes sur l'eau en retour.

L'eau était glacée. Elle se dirigeait vers la rive, quand, pour jouer, il plongea sous elle puis, se retournant soudainement, essaya de sauter au-dessus d'elle. Elle s'enfonça sous l'eau et ouvrit la bouche pour crier. Elle s'étrangla, et, alors qu'elle tentait de regagner la surface, elle sentit qu'il lui faisait obstacle. Pendant un instant elle crut se noyer : puis elle trouva suffisamment de souffle et de courage pour parcourir les quelques mètres qui la séparaient du rivage, où elle se jeta sur la rive détrempée, pantelante malgré elle.

Puis elle reçut une énorme douche alors qu'il s'ébrouait non loin. Peu après, il commença à passer sa longue langue striée de bas en haut sur son dos mouillé. C'était une curieuse sensation.

Ce n'est que bien plus tard qu'elle se hissa à l'étage pour travailler, car il n'y avait aucune raison de se mentir sur le caractère agréable de cette frayeur. Elle était tout de même secouée, car cette sensation de l'avoir échappé belle lui rappelait douloureusement cette fois où, dans un accès de désespoir solitaire, elle avait ramassé un homme dans la rue. Elle continuait de tenir à distance le souvenir de cet homme qui s'était avéré ne pas être quelqu'un de bien. Sans doute que l'ours… non : c'était la peur. La peur les liait, la peur, et la fuite.

Les livres, les livres. Toujours prendre un livre dans ce genre de circonstances. Un papier s'envola :

Au pays de Galles, l'ours était considéré comme une bête de chasse. Le nom de la ville de Pennarth signifie tête d'ours.

Article : Notre Maître a pour coustume chaque année lors qu'il séjourne pour la Noël en son domaine d'offrir en récompense à son gardien des ours conduisant les bestes de Monsieur le Comte sur ses chasses en vue du loisir et agrément d'iceluy, lesdits xii jours, xx shillings.

– Registre domanial du comte de Northumberland.

Les Esquimaux croient que l'âme d'un ours polaire demeure trois jours sur les lieux où elle a quitté son corps. La dépouille de la carcasse ainsi que la consommation de la chair sont l'objet de nombreux tabous et cérémonies propitiatoires.

Pour les Lapons, l'ours est le roi des animaux. Les chasseurs qui abattent un ours doivent s'isoler pendant trois jours, car ils sont considérés comme impurs.

« Mais il n’en avait pas après moi, il voulait jouer ! » s’écria-t-elle. La pensée de l’ours traqué, acculé, écorché, lui était une torture. « Mon Dieu, protégez-le du mal ! » s’entendit-elle prononcer tout haut. Il y avait des années qu’elle n’avait pas prié.

11

Le lendemain Homer vint accompagné de son fils Sim, d'un motoculteur et de graines. Elle avait oublié qu'il lui avait dit qu'il l'aiderait à créer un potager.

Au nord de la maison il y avait un petit chemin dans les bois qui menait à une clairière pleine de champignons et de sumac vénéneux.

« Ces framboisiers, là, dit-il. Vous devriez les tailler ces framboisiers. Les framboises d'ici, y'a rien de meilleur. On dit que c'est le vieux colonel Cary qui les a apportés ici. Dans le Sud ça ne donne pas pareil. Le truc pour les framboisiers : ils adorent la cendre. Sim va vous les tailler – comme je vous vois là, j'ai l'impression que vous êtes pas trop portée sur le jardinage – et vers le milieu de l'été vous pourrez vous régaler. Et regardez bien par ici quand ce sera l'été : il y a plein d'asperges sauvages. Des petites tiges toutes fines. Les gens l'appellent l'herbe à flèche. Chaque fois que je trouve un paquet d'asperges sauvages je tire mon chapeau et remercie le colonel Cary, parce que je sais que c'est lui qui nous a apporté ça. Vous aimez les champignons ? » Il la regardait, le regard pétillant, avec un drôle de sourire commercial.

« Bien sûr.

– Y'a des morilles dans ces bois. Des morilles de mai. Vous vous êtes promenée dans les bois par là ?

– Plutôt de l'autre côté, vers la mare aux castors.

– Oh, c'est le marécage par là-bas, mais ici, vous savez qu'avant c'était un verger, avec des pommiers. Sim et moi on va vous nettoyer ce coin-là et labourer, pendant que vous allez faire un tour aux morilles là derrière. C'est moche, mais c'est drôlement bon. Vous les faites revenir au beurre. Allez savoir pourquoi j'aime pas la margarine, mais y'a tellement de choses qui sont meilleures avec un peu de beurre ou de gras de bacon, ça marche pas avec la margarine. Donc on va vous labourer le coin en gros, et puis ensuite vous vous bêcherez, et puis si vous voulez bien pas trop faire votre dame vous irez choper un peu de fumier dans l'étable de l'ours – oh, je vous ai vue, je sais que vous êtes capable de le sortir et de l'attacher à l'autre bout de la cour, vous commencez à être bien copains avec cet ours – et comme ça vous pourrez fumer ce bout de terrain. Le fumier de poule ç'aurait été meilleur mais on fait avec ce qu'on a. Et au bout d'une semaine vous pourrez mettre vos graines. Les lapins vous en voleront une partie mais vous devriez réussir à avoir des haricots et quelques choux et des petits pois. Il y a des rames dans la remise.

Pour ce qui est des navets et des patates – c'est ça qui faisait vivre les anciens avant – vous ne resterez pas assez pour en récolter, ça je sais bien. »

La fin de son discours fut recouverte par le bruit du motoculteur, plus fort qu'une centaine de canots à moteur. Elle s'enfuit dans les bois où elle découvrit de vieux pommiers noirs et tordus, et des dizaines de ces étranges phallus décatis appelés morilles. Elle se dit qu'elle allait les cuisiner pour Homer et son quasi-albinos et taiseux de fils Sim, mais soudain leur boucan s'arrêta, ils lui adressèrent des signes d'au revoir avant de disparaître dans le crépuscule.

Elle prépara les morilles et les mangea et les trouva bonnes – elles avaient le goût qu'on décrit dans les livres à propos des truffes mais qu'elles n'ont jamais dans la réalité – et monta à l'étage pour passer la soirée à lire et boire du whisky et lécher sa sucette Lifesaver que Homer avait glissée dans son sac de courses pour lui faire plaisir. Elle se mit au lit bien après minuit, ce qui n'était pas des plus avisé d'après la lecture d'un livre qui prétendait réconcilier la *Genèse* et *L'Origine des espèces*.

12

Désormais, les longues journées chaudes lui permettaient de comprendre le sens du mot sérendipité. Elle sema soigneusement le jardin, puis sur un coup de tête emmena l'ours mettre son nez dans le carré de morilles, qu'il laboura dans une sorte d'extase, fouissant et reniflant et de temps en temps levant ses mauvais yeux vers elle, puis retournant à sa tâche comme s'il n'avait pas de temps à perdre. Ensuite, elle l'emmena au bord de la rivière, où il s'assit dans l'eau telle une femme large de hanches, traînant ses fesses sur les cailloux.

« Je t'aime, ours », dit-elle.

Cette nuit-là, les pas pesants dans l'escalier ne la perturbèrent pas. Qu'il monte. Elle venait d'extraire un livre et était en train de préparer sa fiche. Elle l'avait secoué avec précaution ; un mince morceau de papier en était tombé. Elle était en train de s'y pencher quand elle entendit l'ours dans l'escalier. Leurs regards se croisèrent près de la cheminée.

« Allez, assieds-toi », lui dit-elle, ce qu'il fit.

St Ursule, Br., et ses 11 ou 71 000 vierges. Voir : la note de Selder à propos du huitième chant du poème de Drayton, Poly-Olbion. L'ordre des Ursulines, fondé à Paris en 1604 par Mme de Sainte-Beuve, a été créé pour secourir les pauvres et instruire les jeunes filles. Sainte Ursule et ses enfants montèrent au ciel.

Au verso de la feuille se trouvait une recette pour fabriquer de l'encre.

L'ours était assis devant le feu. Elle releva la tête et ferma les yeux et se rappela toutes ces notes envolées des livres. Elle pensait aux paroles de Homer : « Il y a toujours eu un ours. » Elle pensait à la mère de Byron, cherchant vainement à réunir l'argent pour entretenir l'abbaye de Newstead et nourrir l'ours. Elle regarda l'ours. Il était posé là, aussi solide que le canapé, domestique, une carpette d'ours. Elle alla s'agenouiller à ses côtés. Il sentait meilleur maintenant qu'il avait commencé à se baigner, mais l'essence même de son odeur était encore bien présente, une senteur musquée aussi insistante que la note suave et aiguë de la flûte d'un berger.

Sa fourrure était si épaisse qu'elle engloutissait la moitié de sa main. Elle pétrit la courbure de ses épaules. Être à ses côtés lui procurait un étrange sentiment de paix. C'était comme si l'ours, tout comme les livres, recelait les secrets de plusieurs générations ; sans avoir besoin de les révéler.

Méthodiquement, parce que le travail bibliographique n'est pas de l'ordre de la passion, elle termina le catalogage du livre dont elle avait commencé de s'occuper. Elle marqua la fiche d'un petit signe personnel pour indiquer qu'une notule concernant les ours y avait été trouvée, commença une nouvelle fiche, et y indiqua à quelle page de quel livre le bout de papier avait été découvert. Et, bizarrement, le jour et l'heure.

Elle passa le reste de la nuit à créer des fiches similaires pour les autres bouts de papier, bien qu'elle ne fût plus en mesure de leur assigner la date et l'heure précises de leur trouvaille. Elle se demanda, ce faisant, pourquoi elle le faisait ; s'agissait-il de se fabriquer une sorte de *Yi Jing* à elle ? Non : elle ne croyait pas aux processus irrationnels, elle était bibliographe, se dit-elle. Elle tenait simplement à la précision de son inventaire.

Elle alla se coucher à l'aube, donnant à manger à l'ours avant de l'attacher dans la cour. Dès qu'il y fut, il baissa son arrière-train pour laisser un superbe étron fumant dans la froidure matinale. Elle regardait sa figure alors qu'il vidait ses entrailles, mi-amusée de voir qu'elle y guettait le signe d'une émotion : il n'en montra aucune. De son côté, elle n'avait pas de contribution à apporter.

Elle dormit jusqu'à tard dans l'après-midi, et le soir, travaillant seule à l'étage, sans son ami, elle découvrit une note où il était écrit, *Selon une légende ruthène, Waldo, un prince déchu, fut sauvé de l'ignominie par un ours dont les crottes étaient d'or*. Elle la répertoria sur une nouvelle fiche.

Le lendemain matin, ayant retrouvé un rythme normal, elle se leva d'excellente humeur. Elle resta un moment allongée pour savourer la lumière. S'approcha de la porte pour goûter au soleil. Il faisait chaud, mais l'île était soudain embuée de nuées de mouches noires et de moustiques. Elle battit en retraite, en se frappant le corps du plat de la main, et alla s'habiller.

Petit-déjeunant fidèlement dehors aux côtés de l'ours, elle essayait de se souvenir combien de temps durait la période des mouches noires. Elle conclut qu'elle ne l'avait jamais su. Jusqu'à mi-juillet peut-être. Elle essayait de se convaincre qu'il fallait considérer les mouches noires comme une preuve de la vitalité du Nord, le signe que la nature ne capitulerait jamais, que quelque chose échappait à la domination de l'homme aux crocs ensanglantés, lorsqu'une bestiole pas plus grosse qu'un moucheron lui arracha un joli morceau de chair à travers son pantalon. Sa jambe était en sang. Elle rentra.

Pour que l'ours ne soit pas déçu (elle avait découvert qu'elle pouvait plaquer n'importe quel sentiment désiré sur son visage, alors que la véritable palette de ses expressions demeurait un mystère), elle sortit, cette fois recouverte de lotion anti-moustique, et l'emmena vers les rives les moins profondes de la rivière, où l'eau était la plus chaude. Là, alors qu'il nageait jusqu'au bout de sa chaîne, crachotant de surprise chaque fois qu'il arrivait au terme de sa liberté, elle s'assit jambes dans l'eau, remontant la capuche de son sweat-shirt, chassant les insectes autour d'elle. L'ours s'assit sur les pierres luisantes, et commença à griffer et à taper pour se débarrasser des nuées de moustiques qui envahissaient ses yeux et ses narines.

« Oh, cher ours, s'amusa-t-elle. On fait une sacrée paire tous les deux. » Il se tourna vers elle, on aurait pu jurer qu'il souriait.

Se débattant dans le nuage d'insectes, elle se rendit au potager. Le temps était humide, ce qui était bon pour le jardin, mais devoir plonger ses bottes de cuir dans la boue pour tracer des sillons et désherber à genoux la dégoûtait. Elle travaillait avec une étamine enroulée autour de sa tête, elle avait l'impression d'être l'épouse d'un fonctionnaire colonial en Inde, luttant pour sa survie. Le tissu si fin la chatouillait et se gonflait au rythme de sa respiration. « Hé ! avait-elle envie de s'écrier, je suis une fille de la ville, moi ! » Elle se coucha couverte de piqûres et d'ampoules, pleine d'un respect nouveau pour les pionniers et les fermiers.

Au milieu de la nuit elle entendit son pas : bruits sourds et cliquetis de griffes sur le sol de la cuisine. Elle resta allongée, sans oser respirer, pensant aux piqûres sanglantes sur sa nuque, se rappelant qu'elle avait oublié de le nourrir. Elle remonta son sac de couchage autour de son cou, se raidit, en alerte. Il s'avança lourdement à la porte de la chambre et s'accroupit un moment, reniflant le nez au vent, ses yeux vaguement rouges dans le noir. « Qu'est-ce que tu veux ? » murmura-t-elle, figée de peur.

Il resta un long moment assis à la regarder, à la sentir. Puis il souffla et renifla et repartit dehors.

Selon la tradition irlandaise, lut-elle plus tard (en sécurité à l'intérieur, l'ours attaché, fenêtres fermées pour se garder des insectes, isolée), *il y avait un dieu-ours.*

Dans la ville de Berne, en Suisse, on garde des ours dans une fosse, en souvenir du passé héroïque de la ville. Nombre de bons chrétiens honorent également ces braves animaux au solstice d'été, lorsque ces créatures s'accouplent au vu de toute la populace. On raconte que même les plus pieux les saluaient en raison de l'ancienne croyance selon laquelle ce sont eux, et non Adam et Ève, qui sont nos premiers ancêtres. Ceci était inséré dans un exemplaire du *Témoignage des pierres* de Hugh Miller, offert au colonel Cary par un certain A. N. Williamson, sur l'île Cary, en 1859.

13

Maintenant que la saison de la pêche battait son plein, elle ne remarquait plus le bruit des bateaux, mais lorsque ce moteur-là s'arrêta, elle fut intriguée. Guettant à la fenêtre, elle vit Homer en train d'attacher son bateau. Elle se précipita en bas, ravie d'avoir un peu de compagnie humaine.

« Bonjour Homer.

– Je vous ai vue à la rivière avec l'ours ce matin.

– Il est triste à rester tout le temps attaché là. Et moi j'avais envie de mettre mes jambes dans l'eau, pour échapper aux mouches.

– Mais n'oubliez pas que c'est une bête sauvage. » Ses lunettes reflétèrent un air de réprimande. Elle pensa, je me demande ce qu'il dirait s'il avait vu ce qui est arrivé la dernière fois. C'était justement pour surmonter sa peur qu'elle l'avait emmené ce matin.

« Les Cary le faisaient ?

– C'est-à-dire, ils ne m'ont jamais vraiment parlé de lui. Je vous ai apporté de la bière. Ça va faire un mois que vous êtes là. Je me disais qu'on devrait fêter ça. Vous vous en sortez pas mal, vous savez. »

Ça l'amusait de penser qu'elle avait réussi une sorte de test sans s'en rendre compte. Elle se demandait ce qu'il aurait fallu faire pour échouer.

« Je veux bien une bière, Homer.

– Je vais tâcher de vous réparer le vieux frigo au kérosène qui est dans la remise, mais c'est une saloperie. Sinon ça va pour vous ? »

Ils allèrent dans la cuisine. Il décapsula deux bières avec son couteau de poche. Elle lui dit qu'elle se plaisait bien ici.

« Y'a pas mal de gens qui se demandent comment vous faites.

– Et vous, vous en pensez quoi, Homer ?

– Ben, dit Homer, inclinant sa bière et sa tête, j'ai l'impression que c'est le job le plus classe que vous ayez jamais eu, parce que ça correspond bien à vos goûts. »

Ça lui fit plaisir. Il n'était pas du genre à sous-estimer sa région, et le fait qu'il l'accepte lui donnait le sentiment de ne pas être une touriste, qu'on ne la méprisait pas. Ça levait la malédiction de ses avertissements par rapport à l'ours. Elle se sentait enfin à l'aise avec lui.

Homer appuya sa chaise contre le mur de la cuisine et commença à parler du dernier colonel Cary, celui qui avait légué l'île à l'Institut. Qui était une femme.

« C'était comme ça, dit-il. C'était marqué dans le testament que la propriété devait revenir à l'enfant qui deviendrait colonel. Bon, à la première génération un des garçons y est arrivé, parce que vous pouviez acheter une charge et que le vieux avait de l'argent de côté pour ça, et qu'il y avait pas mal de guerres à l'époque, et je crois qu'il s'est plutôt bien comporté ; mais le truc, c'est qu'il ne s'est pas marié très tôt. Il avait dans la cinquantaine, et la femme qu'il a ramenée n'était pas dans sa prime jeunesse non plus. Alors quand ils ont eu leur premier enfant et que c'était une fille, ni une ni deux, ils ont fait venir le prêtre de Great Falls en urgence et ils l'ont baptisée – Colonel.

Ça a rendu pas mal de monde fou de rage quand elle est morte il y a quatre ans et qu'elle a légué cet endroit à l'Institut, mais c'était une femme bien. Une dure à cuire, plutôt belle femme du reste. Ils l'ont envoyée étudier à Montréal et ensuite elle a enseigné principalement dans des écoles pour filles pendant un moment. Et puis après la mort de sa mère, elle est revenue ici pour s'occuper de son papa. Il a vécu jusque dans les années trente – on vit vieux dans le coin, l'air est sacrément bon pour la santé, et il a dû approcher les cent ans – et après elle a recommencé à enseigner jusqu'à sa retraite.

Elle avait pas mal de famille, mais pas beaucoup qui habitaient par ici. La femme de l'ancien colonel ne venait pas, vous savez ; pour elle qui était d'Angleterre, elle n'était pas prête à aller plus loin que Toronto. Deux des garçons sont venus, et y'en a même un qui a eu une exploitation forestière du côté de Sault à un moment. Il y avait une fille qui s'appelait Sarah Snowdrop qui a tenu la maison pour lui pendant un temps, mais apparemment elle était pire que tout et piquait des crises. La plupart du temps elle vivait toute seule dans le bûcher là derrière. Un jour il a pris une équipe de gars pour construire une scierie de l'autre côté de la rivière, mais la rivière est pas si grosse que ça, et ils ont dû faire un barrage qui mettait trois jours à se remplir pour faire tourner le moulin deux jours.

Et puis sa femme a fini par mourir à Toronto et il est allé à The Falls et il a courtisé une fille Lazare. "J'ai une île avec une maison à moi, il a dit, et un Pianola, et Sarah Snowdrop est incapable de tenir la maison correctement – Vous appelez ça une maison ce truc où vous habitez ? elle lui a demandé. Moi j'appelle ça une hutte. Construisez-moi une maison digne de ce nom sur votre foutue île, et je vous prendrai au sérieux, même si vous êtes un protestant."

Margaret Morris, qui est mariée avec le contremaître de la scierie à The Falls, elle a mis tout ça par écrit parce que sa grand-mère, c'était Emily Lazare.

Bon, c'est pour Katie Lazare qu'il a construit cette maison. On dit que ça a pris cinq ans pour la bâtir. Tout sauf le bois a dû être amené par bateau sur le lac. Et juste avant que ce soit fini, Katie est morte. La fièvre, la pneumonie, Dieu sait quoi.

Et c'est là qu'il est allé courtiser Emily, raconte Margaret. Une femme formidable, cette Emily. Elle avait le teint sombre, et certains disent qu'elle avait du sang indien, mais les Français ont le teint sombre, comme certaines femmes écossaises ou irlandaises avec les yeux noirs. Elle toisait un homme d'un coup d'œil et lui coupait une chemise de flanelle bleue – c'était de la vraie flanelle à l'époque, pas ce truc pour pyjamas – elle les faisait croisées avec deux rangs de boutons, comme un uniforme – et pas un bout de tissu de perdu et elles allaient comme un gant. Elle savait pas tricoter, mais elle commandait des tricots aux Indiens, elle savait ni lire ni écrire, mais tout le reste elle savait. Elle faisait partie de ces femmes qui font tenir le pays debout. Elle savait cuisiner et couper du petit bois et élever ses enfants pour qu'ils restent en bonne santé. Elle a marié un fils Cadotte et a eu treize enfants. Elle n'allait pas se marier avec un Anglais qui était déjà si vieux.

Après ça on dit qu'il est devenu un peu fou, à vivre tout seul au milieu de ses livres. Il avait un ours et il lui parlait. Il est allé un peu mieux une fois que son fils et son épouse sont venus vivre avec lui. Les temps étaient encore durs à l'époque, mais la civilisation faisait son chemin. La femme du second colonel arrangea un peu mieux la maison et fit venir ses meubles d'Angleterre. Toutes ces jolies tables, c'était à elle. Quand lui est mort, l'hiver 1878, un rude hiver, cette partie du Nord était déjà civilisée. Ce n'était plus une terre sauvage.

Ses enfants montaient le voir de temps en temps, notez bien. Ils étaient d'un milieu aisé, plutôt bien éduqués. On faisait des études dans cette famille et ça a donné pas mal de docteurs et d'avocats. Du temps où Colonel Jocelyn était en vie, ils venaient ici l'été et se baladaient dans leurs bateaux Chris-Craft.

Ils étaient furieux quand elle a tout légué à l'Institut. Elle s'entendait bien avec ses cousins de Cleveland, mais ils étaient déjà plutôt aisés. J'imagine qu'elle a eu raison d'en faire un monument historique. C'est un monument historique, nom d'une pipe. Qui d'autre que le colonel Cary aurait pu dépenser une telle fortune pour construire une telle baraque ? Cette foutue île n'est qu'un banc de sable, on ne peut rien y cultiver. Vous ne pouvez pas y mettre un cottage parce qu'aujourd'hui faut avoir l'eau courante et une fosse septique et que ça fait de la pollution. Tous les gens qui viennent l'été maintenant veulent des toilettes avec chasse d'eau et des machines à laver. Vos chiottes ici – excusez mon langage – c'est plus écologique, à ce qu'on dit.

– Elle était grande, madame Colonel Cary ?

– Ni grande, ni petite. Un peu plus grande que vous, pas beaucoup. Elle avait une démarche d'Anglaise, comme si elle était à cheval. Elle a été la première femme ici à porter des pantalons. Ça aurait pu faire un scandale mais les gens ont autre chose à faire. Il y avait ceux qui la trouvaient snob, et cette partie-là de sa famille ne s'entendait pas avec elle. Quand ils venaient la voir, elle leur donnait un tas de choses, de la porcelaine, de l'argenterie. Elle disait qu'elle n'avait pas besoin de choses luxueuses, son île lui suffisait.

Une femme intelligente, aussi. C'était avant qu'on ait les chasse-neige, mais quand elle avait besoin de quelque chose en hiver elle venait elle-même jusqu'à chez nous en tirant son petit traîneau. Elle, j'ai jamais eu peur qu'elle passe à travers la glace.

Elle a vécu la plupart du temps seule une fois qu'elle est revenue ici. Je venais voir de temps en temps si tout allait bien, même si je déteste marcher sur la glace. Y'a des gens qu'aiment ça, mais moi, je suis pas si courageux sur ce plan-là. La glace, j'ai pas confiance. J'en connais trop qui sont passés à travers.

Les Leroy et les King ont été bons avec elle. Elle était amie avec eux. Elle et Lucy s'entendaient comme larrons en foire. Vous savez, certaines personnes vous diront que Lucy est une Métis, mais ça remonte à y'a longtemps. Pour moi elle et Joe sont presque indiens à cent pour cent, et ça, ça veut dire : on ne sait jamais où ils sont.

Sinon, elle avait rien contre la bière non plus. On s'asseyait avec elle sur le ponton après la période des mouches, et on descendait notre pack de six. Elle était très douée pour le jardin, et pour la pêche aussi. Elle avait des grandes mains, comme un homme, bien plus grandes que les miennes, et elle passait pas son temps à se tartiner avec des lotions. La maison était toujours propre comme un sou neuf, et l'argenterie qu'elle n'avait pas donnée, elle l'astiquait comme il faut. Elle faisait son pain. Elle faisait tout ce que les femmes sont censées faire, et en plus elle posait des pièges pour subvenir à ses besoins. Y'avait pas trop d'argent dans cette famille à l'époque vous savez, même s'ils venaient de la haute anglaise, et ce qu'il y avait, c'est parti dans cette maison, et pour la famille restée à Toronto. Elle n'avait pas une grosse pension. Aujourd'hui elle aurait pu vendre ses meubles à des antiquaires, mais ce genre de commerce date d'il y a pas si longtemps. Non, tant qu'elle n'était pas trop vieille, la saison venue elle enfilait ses cuissardes et se barrait toute seule dans son bateau pour aller piéger des rats musqués et des castors. C'est dur comme boulot, il fait froid, faut être à moitié indien pour supporter ça, mais elle le faisait. Elle connaissait chaque crique et chaque bras de la rivière, elle avait un permis bien sûr, et le boulot lui faisait pas peur. Mais quand le missionnaire anglican et sa femme venaient la voir, elle sortait la porcelaine et ce qui restait de l'argenterie (quand ma femme a vu le service à thé ses yeux lui sont sortis de la tête) et mettait une robe comme dans les vieux films d'Hollywood et elle leur faisait sentir qu'ils étaient pas du même monde.

Elle a attrapé un lynx à un moment – une année avant qu'elle meure – elle était très très vieille. Je lui ai pas demandé le pourquoi du comment, j'imagine qu'il était tombé dans un de ses pièges. Tout ce que je sais c'est qu'elle m'a demandé d'en parler aux bonnes personnes parce qu'elle n'avait pas de permis pour ça. Elle a dû tanner la peau et l'étendre et la cacher, elle ne pouvait pas la montrer à ses vendeurs habituels. Il y a un gars qui vient du Québec, du côté de Saguenay, il se pointe de temps en temps pour ramasser tout ce qu'est pas réglo : espèces protégées, accidents (faut dire, si vous chopez un lynx par accident, vous faites quoi ? Vous avouez ? Vous l'enterrez ? Jamais de la vie). Il lui a donné deux cents dollars et je pense qu'elle en avait vraiment besoin.

J'ai vu cette peau. Une beauté. Pas un trou. Je ne sais pas s'il était mort dans le piège ou si elle l'avait étranglé. Elle en était capable. C'était une coriace. Elle l'avait tendue sur un arbre et elle était bien jaune et douce comme un chaton.

– Et cet ours, c'était à elle ?

– Nan. Je sais pas qui lui a donné cet ours, mais c'était pas le sien à proprement parler. C'est pas moi en tout cas. Elle l'aimait pas, cet ours. C'est peut-être Lucy qui lui a donné, mais on pouvait pas vraiment dire que c'était le sien parce qu'elle faisait pas trop attention à lui. C'est comme si elle se disait, y'a toujours eu un ours ici, alors gardons cet ours. Mais il m'a toujours fait pitié parce que Lucy et Joe étaient les seuls qui s'occupaient de lui. Le colonel faisait que le tolérer. Celui qu'elle aimait, c'était son setter irlandais.

Mais cet autre ours qu'elle avait eu avant, ça c'était un personnage. Il la suivait partout dans la maison comme un chien. Les chasseurs – vous savez, il y a chasseur et chasseur, je n'ai rien contre quelqu'un qui chasse pour la viande, je pars dans le Nord chaque année pour les élans et le permis élan n'est pas cher. Vous vous imaginez pagayer trente kilomètres dans un vieux canoé en cèdre avec une demi-tonne de viande crue d'élan ? Enfin chasser pour avoir de la viande d'élan, ça n'a rien à voir avec un con de chasseur qui déboule avec son fusil à lunette en se prenant pour Ernest Hemingway et qui met une balle dans le cœur à son ours alors qu'il était en train de prendre le soleil sur le quai. »

Elle crut s'effondrer dans un bruit sourd. Puis elle se ressaisit en se rappelant que la colonel n'était pas Lady Caroline Lamb, mais que c'était une forte femme, une vieille capable de tanner la peau d'un lynx tué illégalement sur un cadre de saule.

« C'était une sacrée femme, bafouilla-t-elle.

– Nan, dit Homer, en se grattant la tête. C'était pas une sacrée femme, c'était une imitation d'homme, et une sacrée bonne imitation. »

14

Elle était sujette à des moments de doute. Ce soir-là, après le départ de Homer, elle s'assit dans l'admirable bureau du colonel Cary, probablement une des plus belles réussites qui soit en matière d'adaptation d'un lieu à sa vocation, mais elle fut incapable de lire ou de se remettre à sa tâche de catalogage. Elle se demandait de quel droit elle se trouvait là, et pourquoi elle avait choisi cette activité pour subvenir à ses besoins. Elle se demandait qui elle était.

En général, ces questionnements surgissaient plusieurs semaines après qu'elle avait commencé à s'investir dans une mission, mais cette fois cela avait commencé tôt, juste après qu'elle eut établi son plan de travail. D'un point de vue technique et même émotionnel, elle comprenait le besoin de redéfinir ses objectifs, mais ce qu'elle ne comprenait pas, c'était pourquoi cette période de redéfinition devait forcément s'accompagner d'une phase de dépression, de ce hurlement existentiel en elle, de l'insistance de cette voix intérieure remettant en question non seulement le projet sur lequel elle travaillait, mais aussi tout son être. « Qu'est-ce que je fais ici ? » se demandait-elle, et sa voix intérieure lui répondait en écho : « Mais pour qui tu te prends, pour te permettre de faire ça ? »

Elle avait bu trop de bière. Elle avait le tournis et mal à la tête. Elle se sentait également coupable, comme si elle avait révélé quelque chose à Homer qu'il ne lui revenait pas de révéler. Comme si elle avait fait quelque chose de mal, et qu'il le savait.

Elle essayait de se concentrer sur des choses concrètes, ses fiches, ses notes. Elle fit un tour d'horizon des étagères et réalisa que pour que le travail dure tout l'été, elle allait devoir tricher. Il ne faudrait pas plus d'une semaine de travail efficace pour en venir à bout. Elle serait bientôt en mesure de partir ; elle ne voulait pas partir.

Elle s'efforçait toujours d'être rigoureuse, de mettre de l'ordre dans ses pensées et ses sentiments, afin que lorsque l'affreuse et anarchique voix intérieure surgissait, son esprit ait en réserve un stock de réponses efficaces. Il y en avait toute une liste pour la question « Qu'est-ce que je fais là ? ». Elle en avait aussi un stock pour « Mais pour qui tu te prends, à prétendre rester en vie ? ». Elle se justifiait en se disant qu'elle faisait son devoir, qu'elle mettait de l'ordre dans les fragments de vie des autres.

Ici, cependant, elle ne se sentait pas légitime. À quoi bon ces fiches, ces détails, ces classements ? Au départ tout cela lui avait paru beau, apte à former un ordre en soi, susceptible d'être répertorié et cartographié si bien qu'elle finirait par y discerner une structure, par atteindre un secret. Mais à cet instant, cela ne faisait que la remplir de culpabilité ; elle avait le sentiment que rien de tout cela ne serait jamais aussi parlant et vivant que les récits de Homer, ni aussi pertinent. Cela constituait une hérésie au regard de la véritable réalité.

On pouvait prendre une vie, en faire un jeu de cartes qu'on battrait puis disposerait en forme de pyramide comme une patience, songea-t-elle amèrement, et cela aurait sans doute un sens, mais jamais vous ne pourrez créer une fiche au nom de « Homer, Campbell » qui recèle un sens aussi riche que celui incarné par Homer ce soir. Bientôt elle serait obligée d'admettre qu'ici aussi elle accomplissait un devoir, qu'elle y consacrerait son temps jusqu'à sa mort. Le colonel Cary étant sans doute une des plus grandes incongruités de l'histoire canadienne, elle en était une autre. Ni lui ni elle ne pouvaient être rattachés à quoi que ce soit.

Elle se jugeait puérile à bouder comme une enfant. Elle savait qu'elle devait s'occuper jusqu'à ce que cette mauvaise humeur passe. Ça ne servait à rien de rester assise à ruminer. Elle descendit et détacha l'ours. Elle l'emmena se baigner, en essayant de se réjouir de ses splendides roulades et bonds dans l'eau. Mais lui aussi semblait maussade et chagriné. Les eaux basses du chenal étaient chaudes, mais pour avoir un peu de profondeur elle devait nager dans des zones qui étaient glacées. Pendant un instant elle rit de voir l'ours arriver vers elle immergé presque totalement en dehors des yeux et des narines, tel un crocodile, mais quelque chose assombrit ce moment aussi, et elle le ramena vers la berge dans un silence morose.

Elle monta à l'étage et parcourut les fiches qu'elle avait créées. La bibliothèque n'avait rien d'original, et les informations concernant le colonel Cary étaient maigres. Il était trop tôt pour leur donner le moindre sens, et peut-être ne leur en trouverait-on aucun en fin de compte. Elle avait l'impression d'être une écrivaine adepte du Nouveau Roman qui, s'étant débarrassée à la fois de l'intrigue et des personnages, se retrouverait forcée de construire une structure abstraite, mais se découvrirait trop entravée par la tradition pour ce faire. Elle se sentait faible, incapable de se libérer des contraintes matérielles. Elle s'enfonçait dans le mécontentement alors qu'elle aspirait à l'idéalisme.

Bien sûr, bien sûr, une voix pragmatique s'élevait en elle, pour lui dire qu'il ne s'agissait pas là du but de la manœuvre : tu es là pour répondre aux instructions du directeur, et c'est tout.

Dans les tréfonds de ses dossiers se trouvait la lettre originelle de son directeur, qui lui demandait : a) de procéder au catalogage de la bibliothèque léguée à l'Institut par Colonel Cary sur l'île Cary ; b) de prendre des notes de manière séparée concernant l'histoire et l'état de cette bibliothèque ; c) d'étudier précisément l'opportunité de faire de l'île Cary un centre de recherche en géographie humaine pour les régions du Nord et d) d'établir une liste sourcée de toutes les informations supplémentaires potentiellement utiles aux historiens s'intéressant à la période de peuplement correspondant à l'installation de Cary.

Elle relut les instructions et soupira de soulagement. Quoi qu'elle fasse, cela avait sa pertinence. Maintenant elle pouvait se considérer comme autorisée à exister.

15

Le lendemain matin, munie d'un plan grossièrement dessiné en comparant des relevés topographiques et des cartes nautiques, tenant l'ours par sa chaîne, elle partit explorer les lieux. Il tirait en permanence sur sa chaîne, et au bout de cinq minutes elle le lâcha. Il reviendrait, elle le savait.

Elle marqua l'emplacement du quai, des dépendances, du poste de guet dans l'arbre. Elle nota la présence d'une rangée de pierres qui semblaient être d'anciennes fondations. Puis, enroulant une écharpe autour de sa tête pour se protéger des mouches noires, elle s'enfonça dans les broussailles de la partie sud, là où l'ours avait disparu. Elle le trouva occupé à creuser joyeusement sous un tronc pourri, se gavant de pelletées de terre mêlée de larves. Elle se tint immobile un moment, écoutant l'étrange semi-silence du sous-bois. Les fauvettes étaient de retour. Un pic-vert toquait. On entendait un canot à moteur au loin.

Les bois avaient perdu leur première innocence printanière. Les faux arums avaient déployé leurs feuilles, les trilliums étaient en train de sécher. Le soleil perçait à travers le feuillage. Elle siffla l'ours et poursuivit sa marche, se frayant un chemin parallèlement à la rive dont elle entendait les clapotements, à la recherche de formations rocheuses, ou de cabanes effondrées, qu'importe : elle essayait de se figurer ce que ça avait été de débarquer de Portland ou de Bath et de découvrir cet endroit.

De ce point de vue, l'île était d'apparence modeste. Elle avait connu des coins du Canada que n'importe quel explorateur aurait couvé des yeux à l'instar du vaillant Cortés. En dépit de la beauté de la rivière, et de la probable exubérance des couleurs en automne, cet endroit avait quelque chose de civilisé.

Soudain, elle surgit de la forêt et se retrouva à la pointe sud ; elle pensa alors, mon Dieu, comme je me trompais. La rivière était large et turbulente. Les îles et les balises lumineuses scintillaient sous le soleil. L'ours déboula dans un froissement de fougères et se dirigea vers elle en grognant.

C'est pour cela qu'ils venaient, se dit-elle : c'étaient des fous de paysage. Ils voulaient faire de l'aquarelle, ils voulaient que leurs salons soient conçus par Robert Adam, leurs façades par Humphry Repton et leurs jardins par Capability Brown. Et comme ils n'y parvenaient pas, ils se construisaient des cabanes en rondins aux fenêtres joliment proportionnées, pas avec la meilleure vue, mais là où les marais laissaient la place aux érables et au sable, à l'endroit qui offrait la meilleure protection contre les intempéries. Si leurs affaires prospéraient, ils remplaçaient leurs cabanes par de hautes maisons victoriennes et tâchaient de faire de leurs enfants des gentlemen qui eux reviendraient les étés pour profiter de la vue.

Les vrais grands romantiques avaient tous connu une mort atroce, se rappela-t-elle. Ils étaient tombés à travers la glace, avaient contracté une pneumonie ou la tuberculose, étaient morts de mystérieuses fièvres, du scorbut, de dépression ou de négligence. Seuls les plus forts avaient survécu, ainsi que quelques-uns de leurs témoignages. Souvent les carnets qui étaient légués à l'Institut s'arrêtaient au moment où les pionniers arrivaient d'Angleterre. Quand vous devez construire votre propre cabane, fabriquer vos vêtements, votre savon, vos chandelles, vos meubles et vos outils, il reste peu de temps pour concocter de l'encre et trouver une plume pour vous en servir.

Elle-même descendait d'un homme qui était venu du nord de l'Irlande avec une femme et dix enfants pour rejoindre son frère en Ontario – qui avait pour sa part neuf enfants. À New York, où ils avaient fait étape pour préparer la suite de leur voyage, leur fils aîné était allé explorer les alentours et avait disparu. Ils l'avaient cherché pendant cinq jours, avant de se décider à partir sans lui, pleurant tout le long du voyage jusqu'au Canada. Lorsqu'ils arrivèrent des mois plus tard chez son frère, celui-ci s'écria : « Mais où est votre Andrew ? », sur ce le pater familias monta à l'étage, s'allongea et mourut. Il laissait à son frère deux femmes et dix-huit enfants. Persiste depuis dans la famille une forme de folle dureté et une indéniable appréhension à l'égard de la ville de New York.

Cary quant à lui faisait partie de ce qu'on appelle la haute bourgeoisie, pensa-t-elle. Rien à voir avec notre milieu. Une femme qui ne s'abaissait pas à suivre son homme dans les bois, ce n'était pas notre genre. Chez nous, elle serait restée pour être sûre qu'il n'allait pas tomber dans l'alcool.

Lentement, essayant de ne pas tremper ses bottes de cuir, elle se faufila, suivie de l'ours, jusqu'à la magnifique pointe de l'autre côté de l'île, là où Lucy Leroy était censée avoir une cabane. Au loin, on entendait les cloches des balises sonner et les cornes des bateaux bramer, mais après avoir fait le tour complet de l'île, elle n'avait toujours pas trouvé trace d'une autre habitation.

De retour à la maison, elle se sentit épuisée. Elle avait tellement peu marché au cours du dernier mois, ses jambes s'atrophiaient. Elle rentra et s'allongea pour dormir.

Lorsqu'elle se réveilla, il faisait nuit. À moitié endormie, elle se battit avec les lampes, prépara du café, et sortit nourrir l'ours. Ses yeux vert et or brillaient dans l'obscurité comme il s'affairait autour de sa gamelle.

Alors qu'elle terminait son souper, elle l'entendit gratter à l'entrée et se dit, pourquoi pas ? En ouvrant la porte elle fut frappée de se rendre compte qu'elle s'attendait toujours à voir quelqu'un d'autre. Elle se demandait si lui, comme elle, imaginait des métamorphoses, se réveillait chaque jour en pensant être un prince, et éprouvait la déception d'être toujours un ours. Elle en doutait.

Tu as dit que tu allais travailler, alors travaille. Elle monta à l'étage pour travailler. Elle tenait toujours ses engagements. Dans une autre vie elle avait travaillé pour un journal, entourée de gens qui se promettaient toujours de partir pour écrire un livre, mais qui en même temps jonglaient en permanence avec les dates butoirs, ne pas respecter un délai constituant leur version personnelle du péché originel. Ce ne fut pas pour écrire qu'elle quitta le journal, mais en raison d'une interview qu'elle avait dû faire à l'occasion du cinquantième anniversaire de mariage d'un boulanger – elle avait vu celui-ci trembler à l'idée qu'elle révèle le fait qu'il avait épousé la sœur de sa défunte femme. Cela avait suscité en elle un désir pervers – qu'elle avait réprimé, celui de révéler la vérité – et lui avait rappelé ses cours d'histoire sur l'ère victorienne. Soudain, sa vie au journal lui était apparue éphémère et pauvre (et il est vrai que, de même qu'une certaine famille d'insectes, en Grèce, les journaux sont appelés *éphémérides*), et elle décida d'en changer pour se trouver un emploi dans le moins parasite des secteurs touchant au récit historique.

Elle monta à l'étage pour travailler. L'ours mit un peu de temps à la suivre. Elle était à son bureau lorsqu'il se dressa de toute sa hauteur en haut des escaliers ; elle ne fit pas attention à lui. Elle venait de découvrir une première édition dédicacée du *Wacousta* du major Richardson, destinée à l'estimé John Cary en 1832. Elle aurait aimé avoir sous la main un catalogue de salle des ventes pour estimer son prix. Elle s'occupa de son catalogage et le tint longtemps entre ses mains. C'était là un oiseau bien rare, qui valait le déplacement à lui seul.

Il y avait d'autres ouvrages de valeur, des éditions publiées à Boston qui étaient en fait des éditions pirates canadiennes ne reversant aucun droit aux auteurs anglais ou français, mais rien jusqu'ici de comparable à ce *Wacousta*. Étrange que je ne l'aie jamais lu, pensa-t-elle, mais je ne vais pas le lire sur cet exemplaire. Je me procurerai une édition courante à Toronto et comparerai les deux textes. Eh bien, Cary, vous n'étiez pas n'importe qui après tout, puisque vous connaissiez Richardson.

« Couché mon beau, couché », dit-elle, de bonne humeur après cette trouvaille. Elle saisit le livre suivant, le secoua pour en faire tomber d'éventuelles notes, puis l'ouvrit. Les souvenirs de Trelawny à propos de Byron et Shelley.

Elle commença à lire (rien de sacré ou de rare dans cette édition, elle datait de 1932 et avait été publiée à Londres). Trelawny ? L'homme qui avait incinéré le corps de Shelley et sauvé son cœur. Oui, ce Trelawny-là. Le pirate. Un géant. Il était allé en Grèce avec Byron après la mort de Shelley.

Elle poursuivit, captivée. Elle n'avait jamais lu cet ouvrage auparavant, bien que le sujet l'intéresse. Pourquoi ? Quelqu'un, un chercheur quelconque, lui avait dit que c'était une accumulation d'âneries. C'était le cas de la plupart des autobiographies, se dit-elle. Les gens ne se souviennent pas correctement des choses. Mais quelles amusantes âneries en l'occurrence ici ! Quel homme ! Grand. Violent.

Un géant. Un authentique descendant du véritable Trelawny, celui des vingt mille hommes des Cornouailles. Oh, tu parles d'un menteur.

Et regarde l'ours, sombrant ici dans le sommeil, plongé dans ses propres pensées. Comme un chien, comme une marmotte, comme un homme : grand.

Il est bon ce Trelawny. Il s'exprime avec sa propre voix. Il peut être injuste, mais IL OSE PARLER DE SA PROPRE VOIX.

Elle se releva, et prononça ces mots tout haut. L'ours grogna. Elle s'agenouilla à ses côtés. Le colonel Cary lui avait laissé ces fastidieuses notes sur de minuscules bouts de papier comme par un terrifiant souci d'économie. Mais elle cherchait toujours en vain sa voix à travers la maison. Elle avait le saisissant sentiment que Trelawny et l'ours portaient la voix de Cary. Trelawny voulait trouver un poète, connaître un poète, parce que lui-même n'était pas capable d'en être un, et qu'il avait une attirance romantique pour les poètes. Il avait vécu vieux, il avait connu Swinburne et les préraphaélites. Il y avait quelque chose comme une connexion ici.

Cary voulait une île.

Elle était surexcitée. Elle voulait savoir comment était ce Cary, qui il était. Trelawny. Le colonel Cary. L'ours. Il y avait une connexion, une impalpable intimité entre eux, un lien entre l'envie, le désir, et ce qu'il était possible d'accomplir.

Elle s'allongea aux côtés de l'ours et poursuivit sa lecture de Trelawny. Un affreux fanfaron, féroce envers Byron comme Mary Shelley. Byron était trop casanier. Shelley ne savait pas nager. C'est lui qui avait acheté le bateau pour Shelley. Ce n'était pas un bon bateau.

Elle lut le passage sur la noyade. Puis elle passa directement à la fin du livre. Doux Jésus, il avait soulevé le linceul pour voir le pied bot de Byron. Quel homme répugnant.

Tous les victoriens, précoces ou tardifs, étaient des génies morbides. Cary en était un lui-même, et il était venu sur cette île. Nul paysage d'Ackermann ou gravure de Bartlett ne le guidait. Il savait intimement ce qu'il voulait, et était venu ici pour le trouver.

Comment était né ce désir ? Avait-il été fasciné par les romans de Mrs Aphra Behn, avant de passer à *Atala* et au mythe du bon sauvage, puis à James Fenimore Cooper ?

Il était mû par un grand rêve. Il savait que ça serait difficile. Aucun domestique ne le suivrait sur ces îles loin de tout. Se procurer des livres était d'une extrême difficulté, et c'est sans doute la légende de leur acquisition difficile qui avait conduit au legs de cette bibliothèque à l'Institut. Mais en échange de ce renoncement au monde civilisé tel qu'il l'avait connu, qu'avait obtenu Cary ? Un royaume insulaire, soigneusement entouré de livres ? La dissipation définitive du bruit des frivolités mondaines ? Le soulagement de ne plus porter la cravate blanche ? Ou simplement l'espoir, et le changement ?

Il était venu, pensait-elle, pour accomplir son rêve, laissant derrière lui à York une femme dénuée d'idéal. Lui avait l'âme d'un aventurier, d'un grand esprit, d'un romantique. Il avait besoin de l'espace des forêts.

« Ours », dit-elle, frottant son pied sur sa fourrure, se sentant seule soudain. Le feu était trop chaud, et le tapis de fourrure s'était rapproché d'elle. Oh cette solitude, cette inconsolable solitude ; cela faisait des années qu'elle n'avait pas connu de contact humain. Elle n'était pas douée pour les provoquer. C'était comme si les hommes devinaient que son âme était gangrenée. C'était bien beau les idées, et elle savait se réfugier dans son travail, oubliant un temps la véritable signification de l'Institut, où le directeur la baisait chaque semaine sur son bureau, tous deux prétendant ainsi faire offense au gouvernement, alors qu'au fond de son cœur, elle savait que ce dont il avait envie, ce n'était pas de sa chair flétrie, mais d'élégants trous de serrure façon dix-huitième, dont on trouve certains succédanés en Ontario.

Elle avait accepté que la situation perdure parce que c'était son seul contact humain, mais y penser l'horrifiait. Il n'y avait aucune forme d'égards dans l'acte, cela ne relevait que de l'habitude et de la commodité. C'était devenu quelque chose qu'elle faisait pour elle-même.

« Oh, ours », dit-elle, grattant son encolure. Elle se leva et se déshabilla parce qu'elle avait chaud. Elle s'allongea à l'opposé de l'ours, loin du feu, un peu à l'écart, et dans son désespoir, elle commença à se donner du plaisir.

L'ours sortit de sa somnolence, et se retourna. Il sortit sa sacrée langue. Elle était épaisse, et, selon les termes de l'encyclopédie, comportait un sillon vertical. Il commença à la lécher.

Une langue épaisse et rose piquetée de noir. Qui léchait. Qui râpait aussi, avec une certaine force. Qui explorait. C'était chaud et bon et étrange. Et Byron, que pouvait-il bien faire avec son ours, se demanda-t-elle ?

Il léchait. Il explorait. Peut-être cherchait-il une puce ? Il lécha ses tétons qui se raidirent et fouilla son nombril. Ahanant légèrement, elle le guida vers le bas.

Elle bascula les hanches pour lui faciliter la tâche.

« Ours, ours », murmura-t-elle, jouant avec ses oreilles. La langue qui était musculeuse mais également capable de s'étirer comme une anguille trouva tous ses endroits secrets. Et comme aucun être humain auparavant il la maintint dans une extase prolongée. Lorsqu'elle jouit, elle gémit, et l'ours lécha ses larmes.

16

Elle s'éveilla dans la matinée. L'air était comme une caresse de soie sur sa peau. De minces volutes de culpabilité flottaient aux marges de sa conscience. Il lui semblait qu'elle avait omis quelque chose. Que n'ai-je donc pas fait ?

Oh mon Dieu, qu'ai-je fait ?

Je lisais Trelawny, je délirais sur Trelawny, j'avais l'impression de connaître Cary, je pensais en avoir saisi la mentalité, et je… l'ours.

Doux Jésus, faire ça, quelle chose étrange. D'avoir fait ça. D'avoir fait ça à soi.

Elle sonda son âme, titillant divers recoins de sa conscience pour voir si elle se sentait coupable. Elle se sentait aimée.

C'était une belle journée. Elle sortit prudemment dehors en chemise de nuit. Elle était un peu endolorie. Elle donna à boire et à manger à l'ours et lui gratta les oreilles. Puis, pour expier ses péchés, elle alla travailler une heure au jardin, souffrant pour désherber. Les lapins ravageaient tout, et les laitues avaient monté. Elle aurait dû mettre une clôture ou prendre un fusil, ou arrêter de s'en soucier.

J'ai besoin de viande, se dit-elle.

Elle s'habilla, et sans prendre de petit déjeuner elle détacha son canot et glissa le long de l'étincelant chenal jusqu'à chez Homer. Le monde baignait dans une sorte de félicité estivale précoce. Les martins-pêcheurs plongeaient, les poissons sautaient, les nénuphars s'ouvraient le long des berges. Keats, pensa-t-elle. Les poètes romantiques étaient-ils donc les seuls à véritablement voir ?

En ce genre de matinée, oui. Ce temps incitait au lyrisme. Le moteur crachotait affreusement et couvrait les cris des oiseaux aquatiques. Elle éprouvait un curieux sentiment de paix.

Chez Homer elle trouva une lettre du directeur, qui lui demandait quand elle rentrait.

Elle acheta un bloc de papier et une enveloppe, puis sortit ; elle s'assit à l'une des tables de pique-nique de Homer près de la rivière, et écrivit, « Cher directeur ». Elle suçota son stylo, commença une nouvelle page. « Cher David ». Non, « Cher Dr Dickson », ça fera l'affaire. « Mon travail sur la collection Cary m'a complètement absorbée. L'ensemble, d'une manière générale, dépasse toutes nos espérances, bien qu'il demeure relativement classique à l'image de n'importe quel fonds du dix-neuvième. J'ai trouvé une première édition de *Wacousta* parmi d'autres livres plus ordinaires, et j'espère faire d'autres découvertes. J'ai aussi l'espoir de tomber sur un journal – mais un mince espoir, je l'avoue.

Je travaille plus lentement qu'à mon habitude, parce que j'ai dû me faire un potager pour éviter le scorbut. Ça aurait été bien que je me mette à la pêche également, mais je n'ai pas le courage de me battre avec les bateaux.

Il y a une carte de Molesworth en bon état.

Si vous souhaitez que je fasse ce travail correctement et de manière exhaustive, vous devrez m'autoriser à rester ici jusqu'à la fin de l'été. Je pense que vous ne verrez pas d'objection à ce que je passe mes congés annuels à Pennarth. » Elle griffonna une signature, plia maladroitement la feuille, lécha l'enveloppe et tapota pour la fermer, emprisonnant un moucheron au passage. Je lui manque à ce con.

Sa seconde lettre lui venait d'une amie féministe qui lui demandait pourquoi elle n'avait pas choisi une femme pionnière comme sujet de recherche pour l'Année internationale de la femme. Elle lui répondit sur une carte postale représentant un ourson en haut d'un arbre en lui disant que son séjour se déroulait à merveille.

« Voilà, dit-elle en les tendant à Homer. Vous avez de la viande aujourd'hui ?

– Rien de frais. Vous n'allez pas à la pêche ?

– Non, je ne sais pas pêcher.

– Il doit y avoir de bonnes cannes là-bas. Le colonel pêchait beaucoup. Attrapez deux trois vers dans votre jardin et sortez en bateau au crépuscule. C'est apaisant, et les brochets sont bons dans cette petite anse qui est juste devant vous, derrière les hauts-fonds vers l'est. C'est très bon les brochets. »

Elle haussa les épaules, acheta une douzaine d'œufs, et partit. Elle était une femme insulaire, après tout.

Cependant, à l'heure du crépuscule, la rivière semblait tentante, et elle voulait échapper à certaines pensées. Elle trouva des vers et dégotta une vieille canne à pêche au manche de liège dans le hall d'entrée, et elle s'en alla vers le canal.

Les moustiques étaient à rendre fou. Une fois qu'elle eut trempé sa ligne, il lui fut presque impossible de rester immobile. Les poissons étaient là, elle entendait leurs ploufs, mais elle n'était pas sûre d'avoir envie d'en attraper. Des brochets. Quel était le nom de ce poisson en français ?

Brochet. Quenelles de brochet. Lourds et gélatineux, comme les carpes. Non merci.

Elle s'apprêtait à retirer sa ligne et à partir quand elle découvrit, à sa grande surprise, qu'il y avait un poisson au bout. C'était aussi facile que cela ? Elle essaya de rembobiner la ligne, mais celle-ci s'emmêla, continuant à se dérouler. C'était une ligne en fil de coton de l'épaisseur d'une ficelle, et elle commença à essayer de la remonter en tirant une main après l'autre. Comme le poisson se débattait, elle se blessait les paumes. Sa détermination grandit. Malgré son manque d'assurance, elle voulait ce poisson désormais. Elle le tuerait et elle le mangerait. Elle se pencha, manquant de chavirer, et tira, tira.

Au bout d'un moment et sans aucune élégance, elle finit par le sortir à la main. Il était énorme et jaunâtre. Il avait un long vilain museau. Il se tortillait à ses pieds au fond du bateau. Elle détestait cette sensation. L'aspect visqueux. Elle se servit de la ligne, définitivement hors d'usage, pour l'arrimer à l'attache de la rame.

Elle rentra à la maison et se munit d'un couteau pour le détacher du plat-bord du bateau. Puis elle dut y retourner en courant pour trouver un filet où mettre le poisson. Il n'y avait pas de filet. Elle revint avec un sac de courses en plastique.

Elle coupa la ligne, passa ses pouces sous les ouïes du poisson, et le jeta dans le sac. Non sans s'être écorchée un doigt à sa nageoire épineuse.

Maintenant il s'agit de le préparer et de le vider, se dit-elle. Du poisson. Le vendredi. Avec une horrible sauce blanche, des tranches d'œufs durs et des épinards. Non. Le seul bon poisson, c'est celui que préparait ton père quand vous partiez camper.

Est-ce que c'est le genre de poisson qu'on doit écailler ? Est-ce qu'il faut retirer la peau et lever les filets ? Est-ce qu'il y a un couteau suffisamment aiguisé pour ça ? Mon Dieu.

C'était un beau poisson, qui aurait rendu fier n'importe quel pêcheur. Elle en était déjà complètement dégoûtée. Il n'arrêtait pas de la cogner à travers le sac plastique. « C'est très bon » – elle entendait la voix de Homer.

Elle le posa sur le comptoir à la cuisine. Plop. Il se coula hors du sac jusqu'à l'évier, pantelant hors de l'eau. Elle avait l'impression d'avoir commis un acte effroyable, en l'arrachant à son royaume. Sa bouche était toute déchirée par l'hameçon. Et si c'était un de ces fameux brochets crocodiles du lac Michigan, égaré à plus de cent kilomètres de chez lui pour impressionner Louis Agassiz ? Et s'il était plein de mercure ? Elle contracterait la maladie de Minamata, on l'arrêterait en la prenant pour une Indienne ivre. Sa gueule affichait une forme d'aigreur et d'amertume. Impossible pour elle de l'aimer.

Avec un sourire triste, elle se souvint de celui qui le pourrait. Elle remit le poisson dans le sac plastique et le trimballa dehors pour l'ours.

Demain, pensa-t-elle, engloutissant nerveusement un sandwich au cervelas, Homer va me demander si j'ai attrapé quelque chose. Je lui dirai que ma ligne s'est emmêlée.

Elle alluma les lampes et monta à l'étage. Elle avait laissé le bureau en désordre hier soir. Elle rangea, finit de référencer les livres de l'étagère qu'elle s'était assignée, puis s'installa confortablement pour lire Trelawny. Elle s'était trop emportée hier soir quand la personnalité du dandy avait commencé à se dessiner et elle l'avait confondu avec Cary.

Tout de même, il était plutôt bon. Il remarquait un tas de choses. Il n'aimait pas Mary Shelley, ni beaucoup les femmes d'une manière générale. Des objets utiles, les femmes, lisait-elle dans ses pensées, à condition qu'elles restent à leur place. Elle songea à ces femmes que les officiers avaient amenées avec eux au Canada : échouées, courbées, réalistes, tenaces, exilées. N'empêche, si certaines avaient sans doute apprécié de participer à l'avènement d'un nouveau monde, elles étaient autant à pleurer, et à mourir.

Son ami amateur de poisson monta les escaliers. Sa langue surgit, verticale, et il la plaqua sur sa chatte.

Une note tomba du livre : *D'une femme et d'un d'ours naît un héros qui a la force de l'ours et l'intelligence d'un homme. – Légende finnoise*. Elle hurla de plaisir.

17

L'été fut bientôt là. Les lapins continuaient à dévaster le jardin. Le directeur lui donna son autorisation gracieuse pour passer ses vacances ici, menaçant même de venir la voir. Elle savait que jamais il ne quitterait la ville.

Le premier week-end de juillet, canots à moteur, touristes, skieurs nautiques et propriétaires de cottage débarquèrent : une population estivale livide mais joviale. La nuit, sachant qu'ils étaient encore nombreux à se promener sur la rivière, elle tirait les stores, et durant la journée elle ressentait la fin du doux silence comme un viol. Une famille se présenta pour lui demander de visiter la maison. Elle déclina.

Les amoureux faisaient des feux de camp sur les plages. Les amateurs de ski nautique bondissaient près d'elle en lui faisant des signes. Elle ne se sentait pas d'humeur amicale. Elle voulait être seule avec l'ours.

Les Lapons le vénèrent et l'appellent chien de Dieu. Les Norvégiens ont un dicton : « Un ours a la force de dix hommes et l'intelligence de douze. » Ils ne l'appellent jamais par son nom de crainte qu'il ne ravage leurs récoltes. Ils préfèrent parler de lui en disant « Moedda-aigja, senem cum mastruca », le vieil homme en manteau de fourrure.

Ce n'est pas qu'elle négligeait son travail. Elle travaillait. On avait toujours dit d'elle qu'elle était on ne peut plus consciencieuse. Elle devait travailler. Et il y avait encore fort à faire. En dehors du catalogage, il y avait tout l'inventaire de la maison à établir. (Et chaque recoin de ses pièces semblait contenir d'innombrables petites consoles victoriennes dont la nature la déconcertait : elles comportaient quatre pieds, une étroite tablette dont la taille permettait de poser une Bible ou une fougère ou peut-être une de ces cloches de verre destinée à protéger un oiseau empaillé ou une couronne mortuaire. L'écartement entre les pieds la dégoûtait.) Il y avait tant de choses à compter, et avec un peu de chance il y aurait des modifications à effectuer. Car bien qu'un inventaire eût été dressé par les huissiers, il était loin d'être complet.

Un beau matin elle se réveilla de bonne humeur et se rendit compte qu'elle n'avait pas même essayé d'ouvrir la porte qui menait au sous-sol. Elle avait peur des lieux humides et plein d'araignées. Elle prit son petit déjeuner, s'occupa rapidement de l'ours (ils ne pouvaient pas aller se baigner parce que quatre canots étaient en train de pêcher tranquillement dans le chenal) et, armée de deux lampes torches et d'une lampe à huile, elle ouvrit la porte et descendit.

Le niveau inférieur était effectivement sombre et plein d'araignées. À son soulagement, elle découvrit quatre lampes à huile en état de marche accrochées aux poutres. Elle les alluma une par une et le sous-sol s'éclaira d'un halo inquiétant.

Munie d'une des lampes torches, elle commença son exploration. Elle fut curieuse de constater que sur deux côtés de l'octogone, on avait creusé pour créer ce qui était probablement des chambres froides, car l'une contenait des étagères en bois avec des conserves dans des bocaux verts et trois pommes qui tombaient en poussière. L'autre partie était vide, à l'exception d'une sorte de terrier depuis longtemps effondré.

Des gens d'un autre temps, les Cary. On trouvait ici des rouleaux de câble soigneusement empilés, des tuyaux rangés en fonction de leurs dimensions. Dans un autre coin étaient entreposées des chaises d'extérieur en osier. D'autres consoles porte-fougères mises au rebut. Des tableaux (*L'Éveil de l'âme, La Mort du général Wolfe à Québec,* mais pas, malheureusement, *Le Siège de Derry*, celui qu'elle avait toujours voulu avoir) dans des cadres de plâtre aux dorures liquéfiées. Ils n'étaient pas suffisamment distingués pour ne pas avoir succombé à la mode de l'oléographie.

De vieilles chaussures de neige à glands avec le bout retroussé. Un banjo cassé. (Est-ce qu'ils avaient l'habitude de chanter *Old Black Joe* le soir sur les marches du porche ?)

Puis, le long d'un autre mur, des malles ; ou plutôt, un panorama de l'histoire des malles : des malles cerclées aux charnières d'étain poinçonnées, de spectaculaires paniers à pique-nique en osier ; des casiers de bois datant de la Première Guerre mondiale ; des malles armoires début de siècle, conçues pour contenir un trousseau d'une centaine de pièces. Des malles entassées sur d'autres malles. Du travail. Un trésor.

Elle sourit et sortit le bateau pour descendre chez Homer lui demander si lui et son fils pouvaient lui donner un coup de main.

« Je voudrais remonter des choses du sous-sol », dit-elle vaguement. Les yeux de Homer s'animèrent derrière ses lunettes. Il disparut dans l'arrière-boutique et parla avec sa femme. Elle haussa la voix, courroucée, derrière les rangées de boîtes de conserve.

« Toujours fourré chez ces foutus Cary, entendit Lou. On ouvre jusqu'à neuf heures et ensuite ça rentre à pas d'heure. Queq'chose tourne pas rond, j'vous jure. »

Lou rougit, elle avait envie de fuir. Elle croit que je lui cours après, pensa-t-elle.

« Votre femme peut venir aussi, dit-elle à Homer.

– Vu comme elle est, je pense plutôt qu'elle va avoir besoin de se débarbouiller », dit Homer, sans se départir de son sourire enjoué. « Elle aime pas que j'aille sur l'île. Depuis toujours. Elle pense que l'île est hantée ou je ne sais quoi, des mauvaises ondes. Bon, si vous voulez je peux venir tout seul, si vous pensez qu'on peut s'en sortir tous les deux. Sim doit rester parce que c'est lui qui sert l'essence. Babs est une bonne fille, mais elle a jamais été foutue de se débrouiller avec la pompe.

– Combien vous avez d'enfants, Homer ?

– Neuf, en comptant les deux qu'elle a adoptés.

– Ma parole, c'est beaucoup.

– Vous n'iriez pas laisser un gamin dans la rue juste parce que ça vous ferait un peu de boulot en plus.

– Moi si. Elle non. Écoutez, faisons ça quand vous aurez le temps.

– Lundi soir ça me paraît pas mal. Le week-end je pourrai pas. On est en pleine saison, et en plus maintenant on a le terrain de camping – les gens ne savent rien faire, vous savez. La plupart du temps ils sont même pas fichus d'allumer leur réchaud. Faut les surveiller pour qu'ils remplissent pas les réservoirs avec de l'allume-barbecue. Et y'a tout ce binz autour des lingettes qui partent dans les fosses septiques. Et faut bien des fosses septiques. Pourquoi les gens iraient camper s'ils peuvent pas venir avec leurs enfants ? Il y a des bonnes femmes qui passent tout leur temps à la laverie – et y'a les hors-bord à réparer à la marina. Bon sang, y'en a qui viennent ici et qui restent toute la journée dans leur caravane à boire de la bière. T'es jamais là, j'suis comme une femme de pêcheur, qu'elle dit. Le truc c'est qu'en plus, on peut difficilement demander plus de 2,50 dollars la journée, avec les nouvelles réglementations. En tout cas, je serais content d'aller faire un tour un moment. Elle va finir par se calmer. »

Elle rentra en proie à des sentiments mitigés. Elle avait l'impression de voler son homme à une femme. Mais elle avait l'impression que du côté de Homer, ça lui faisait un peu des vacances. Elle trouvait bien que sa femme adopte des enfants et refuse de servir l'essence, mais ses éclats de voix colériques et acariâtres l'agaçaient. Quand leurs maris partent à la pêche, les femmes nous traitent de tous les noms.

Femmes de pêcheurs. Femmes de pécheurs. Au fond on voudrait toutes être des sirènes.

Autrefois les ours étaient communs sur les îles britanniques. L'ours de Calédonie a été introduit par les Romains et utilisé comme instrument de torture. Au pays de Galles, c'était une bête de chasse.

Homer avait apporté une bouteille de rye. Ils burent un verre, puis descendirent et allumèrent les lampes. Il n'était jamais « descendu dans la cale » dit-il, sauf une fois, où il était allé chercher des chaises de jardin pendant que la vieille dame l'éclairait avec une faible lampe torche. Il regardait autour de lui, fasciné. Il repéra un tas de vieilles lampes qu'elle n'avait pas remarqué : lampes à pétrole, photophores fantaisie, et aussi une lampe de bureau en cuivre, qui lui faisait envie. Même si en droit il appartenait à l'Institut, elle la lui donna. Pourquoi ne le ferais-je pas ? se dit-elle. Il est si bon avec moi.

Une à une, ils remontèrent les malles. Ils en posèrent certaines à la cuisine, d'autres dans la chambre, d'autres encore dans la salle à manger. Puis ils s'assirent à la table, épuisés.

« Bon, dit-il. Vous allez les ouvrir maintenant ?

– Je crois qu'il n'y a plus que ça à faire. » Elle s'étonnait de ne pas trembler au milieu de cette mine de trésors.

« Vous devriez les dépoussiérer d'abord, dit-il.

– C'est vrai.

– C'est pas trop votre genre, hein ?

– Quel genre ?

– Le genre obsédée du ménage.

– Ah sûr que non, Homer.

– Vous devriez les nettoyer avant de les ouvrir. Quand on n'a pas l'eau courante, le truc c'est d'abord de s'occuper de la poussière. Quand on peut pas mettre un coup de jet.

– Par laquelle on commence ?

– Vous voulez que je sois là ?

– Si je vous demandais de rentrer, vous le feriez, Homer ?

– Nan.

– La plus ou la moins ancienne ?

– Ce casier de la Première Guerre. Les uniformes, ça m'a toujours intéressé. »

Elle alla chercher un chiffon et essuya la caisse. Pas trop soigneusement pour ne pas qu'on puisse croire qu'elle se soumettait à son injonction. Elle ouvrit la caisse. Elle contenait deux grossières couvertures militaires kaki.

« On gagne pas à tous les coups, dit Homer. Essayez une autre. »

Certaines étaient vides, d'autres pleines. L'une contenait des bocaux de la marque Gem et une autre de superbes robes des années vingt et trente : des chintz perlés, des velours noirs divins, et un étrange manteau du soir en velvet couleur pêche orné de chevreau argenté.

Elle les emmena dans la chambre et les essaya devant la haute glace de l'entrefenêtre. Homer surgit sur le seuil.

« Ça ne vous va pas au teint, dit-il.

– Je ne sais pas quoi faire de toutes ces lanières.

– C'est pour remonter la poitrine, disait ma mère.

– Pas du tout. On les bandait pour faire croire qu'on n'en avait pas. Ça ne marchait pas avec les paysannes. »

Les seins n'étaient pas le sujet de conversation favori de Homer. Il commença à parler de ses affaires de marina. Il lui en dit plus à ce propos qu'elle n'avait besoin d'en savoir.

« À qui étaient ces vieilles robes, à votre avis ?

– À ce vieux colonel, j'imagine. Elle était allée dans une école quelque part, en Angleterre peut-être, ou à Montréal, et elle y est restée longtemps. Un jour je l'ai entendu raconter, mais je suis pas sûr de bien me souvenir, qu'elle avait été le chaperon de la fille d'un millionnaire dans toutes les grandes fêtes à travers l'Europe au bon vieux temps d'avant le crash. À cette époque on ne laissait pas les jeunes filles se balader toutes seules. J'imagine que le colonel avait des relations, donc c'est elle qui a accompagné cette fille partout et qui gardait un œil sur elle. Elle m'a raconté un truc sur comment ils vivaient là-bas. Pour aller de Paris à Londres ou Oxford pour une soirée ils louaient un avion, un petit quatre places à cockpit ouvert. Elles avaient chacune leur veste en mouton retourné et leur casque en cuir sur mesure.

– Waouh.

– Enfin, vous et moi, qu'est-ce qu'on ferait avec un majordome, hein ? Lui donner un pourboire et l'appeler "mon bon" ? Quand je faisais le guide il y avait un vieux Yankee que j'aimais bien, il était vraiment généreux, et parfois il m'appelait "mon bon". Je lui ai dit que j'allais démissionner s'il m'appelait pas Homer. Ou Campie, des fois on m'appelait Campie, à l'époque. Il a compris.

– Venez dans l'autre pièce, on va ouvrir le reste des malles.

– Vous savez, quand vous buvez, il faut que vous fassiez attention avec les lampes.

– Je prendrai la lampe de poche, et vous allumerez la lampe à gaz pour moi.

– C'est bien, voilà une bonne fille. »

Elle n'aimait pas le salon. Il était plein de faux angles, de coins invivables, le point faible de l'octogone. Les meubles disposés parallèlement, inadaptés, étaient décentrés. Chaque fois qu'elle entrait dans la pièce, le conformisme de ce rectangle la saisissait et la contrariait. Cependant, sous la lumière tremblotante, à demi accroupie devant le canapé en crin, elle ouvrit l'une des malles.

Alors qu'elle se penchait sur son mystère, Homer lui pinça les fesses.

« Arrêtez, dit-elle.

– Vous avez quelqu'un ? »

Son cœur se décrocha. « Vous êtes, dit-elle.

– Oh, bon Dieu, Babs et moi ça fait vingt-quatre ans… Si un homme a pas le droit de…

– Si un homme a le droit, alors elle a le droit aussi.

– Je la tuerais.

– Alors ne me touchez pas. »

Il se tenait maintenant devant elle, boudeur, le regard noir. « C'est vous qui m'avez demandé de venir.

– Pour m'aider avec les malles. Et vous m'avez aidée pour les malles. Je ne vous ai pas demandé d'amener de l'alcool, même si ça m'a fait plaisir. Voyons ce qu'il y a dans cette malle. »

Il lui prit le bras. « Écoutez…

– Taisez-vous, Homer. » Elle se leva pour lui faire face. Ils étaient de la même taille. Elle était plus jeune, il était plus fort. Elle l'aimait bien, mais elle n'aimait pas ce qu'il venait de faire. Profiter de la situation. Soudain, elle eut envie de le renvoyer à son rang, de lui rappeler sa classe, de le remettre à sa place. Elle savait qu'ils étaient égaux mais n'en avait pas vraiment la sensation, dans sa tête elle était une grande dame qui fréquentait les bals, et lui un serviteur qui connaissait tous ses secrets.

D'ailleurs en ce moment même, elle portait toujours une robe de bal. Elle se regarda. Elle vit son décolleté, ses seins à moitié sortis.

« Oh mon Dieu, je suis désolée », dit-elle.

Homer secoua la tête. « C'est pas ça. Vous me plaisez, vous savez. Quand une femme me plaît elle me plaît, peu importe ses habits. J'en ai rien à foutre qu'elle soit en jeans et en chemise à carreaux. OK, j'ai trop bu. Ça arrive qu'un gars fasse un petit écart un soir de temps en temps. Y'a pas de mal à ça. Vous aussi vous aimez ça, pas vrai ? Je vous ai pas vu refuser un verre, mais pas en offrir un. Vous êtes une snob. Je pensais pas que vous étiez comme ça. J'aurais dû m'en douter. »

Elle essaya de le retenir. « Homer… »

Il enfonça sa casquette sur sa tête. « Si vous avez besoin de quelqu'un pour des travaux, à partir de maintenant vous verrez avec votre Institut, votre putain d'Institut. »

Elle se tenait devant lui, hésitante, et le toucha. « Asseyez-vous.

– Non, je m'en vais.

– Venez à la cuisine, c'est plus sympathique, je vais passer un sweat-shirt comme ça je ne serai plus une grande dame. On n'a pas fini de torcher cette bouteille.

– Je vais rentrer. Babs va être furieuse.

– Allez, asseyez-vous… Mon bon. » Son cerveau cogitait, des alarmes sonnaient dans sa tête, elle avait compris certaines choses.

« Vous me plaisez, dit-elle dans la cuisine. Mais il y a Babs. Et si je vous paie avec du sexe, où est-ce que ça va me mener ?

– Vous avez la tête sur les épaules, dit-il. Je n'avais pas pensé à ça. Pour Babs – ça n'est pas votre problème. C'est nos affaires à nous, voyez ? Tous les couples ont un accord entre eux sur ce plan-là, et vous n'avez pas à interférer. C'est sûr que vous ferez pas plaisir à Babs en tirant un coup avec moi, ça lui plairait pas. Mais elle se fout que je sois en train de remonter des malles ou de tirer un coup avec vous, c'est pareil pour elle. Je suis pas là. C'est une femme, elle veut que je sois à la maison, elle veut m'avoir sous la main. Mais un homme a besoin de prendre l'air de temps en temps, et de son côté, elle voudra jamais servir l'essence, jamais. »

Elle se répétait, je ne veux plus me retrouver le dos sur un bureau, plus jamais, plus jamais…

« Mais, dit-il, vous me plaisez. Et vous vivez ici toute seule. Vous aimez boire, je me suis dit bon, elle aime sûrement baiser, où est le mal ? Vous êtes une femme moderne, après tout. »

Elle pensa, je pourrais le mettre dans mon lit et le renvoyer à l'aube parmi les joncs et les martins-pêcheurs. Il me plaît. Il est dur, il est fort, il sera bon au lit. Il me prendra dans ses bras. Peut-être que je le prendrai dans mes bras. Ce serait humain. Va savoir, les gars de la campagne connaissent peut-être des trucs dont j'ignore l'existence. Mais ça lui semblait aller à l'encontre d'un certain bon sens.

« Écoutez, dit-elle. Aidez-moi juste à enlever ces caisses pour dégager le chemin dans la cuisine. De toute façon, j'ai mes règles. Et quand même, je vous ai offert un whisky une fois, Homer. »

Elle avait peur qu'il se lance dans quelque digression impardonnable sur le fait d'avoir ses ours, mais il n'en fit rien. Il l'aida.

« On est toujours amis ? demanda-t-elle.

– On peut dire ça », dit-il, penaud.

Chacun d'eux savait qu'il n'avait personne à qui raconter l'épisode, et c'était pour eux un soulagement.

18

« Ours, s'écria-t-elle. Je t'aime, arrache-moi la tête. » L'ours n'en fit rien, mais la fièvre menstruelle le rendit encore plus empressé. Elle était à moitié effrayée, mais aussi ivre et vulnérable face au danger. Elle empoigna son épaisse fourrure qui fuyait entre ses doigts, essayant de s'agripper à sa peau souple, mais plus elle plongeait en elle, plus elle atteignait de nouvelles profondeurs, sur lesquelles ses ongles courts glissaient.

Elle tenait tendrement entre ses mains ses grosses couilles asymétriques, elle jouait avec elles, les faisant délicatement coulisser à l'intérieur de leur sac alors qu'il la léchait. Sa bite ne sortait pas de son long fourreau cartilagineux. Pas grave, se dit-elle, je ne demande rien. Je ne dois rien à personne. Tant pis si je ne t'excite pas, je t'aime, c'est tout.

Le temps était au beau fixe, bleu, resplendissant. Elle alla se baigner et, lorsque le chenal fut vide, elle nagea dans le vent et l'écume avec l'ours. Elle cueillit des laitues amères dans le jardin. Elle travailla à son bureau stores baissés pour se protéger du soleil aveuglant qui se déversait à travers les vitres de la coupole. Elle passa de nouveau en revue le contenu des malles, et finit par fendre une doublure en calicot de coton bleu pour découvrir la lettre de mission du colonel Cary pour le 49e régiment d'infanterie, ses citations militaires obtenues au Portugal, le brouillon d'une lettre de candidature à la propriété de l'île, et une caricature de Rowlandson figurant un homme en bottes noires affublé d'une robe de femme. Elle la punaisa sous le portrait du colonel. Ça l'humanisait.

Parce que ce qu'elle n'aimait pas chez les hommes, ce n'était pas tant leur imaginaire érotique que le fait qu'ils postulent que les femmes en étaient dépourvues. Ce qui les cantonnait au rôle de servantes.

Elle déplia et recopia ces précieux documents. Elle fit le ménage jusqu'à ce que la maison rutile. Pas pour le directeur, mais parce qu'elle et son amant avaient besoin de paix et de décence.

Ours, emporte-moi avec toi au fond de l'océan, ours, nage avec moi, ours, enlace-moi, étreins-moi, nage, toujours plus profond, plus profond avec moi.

Ours, fais qu'enfin je me sente bien en ce monde. Donne-moi ta peau.

Ours, c'est tout ce que je veux de toi. Oh, merci, ours. Je te protégerai des étrangers et des yeux trop curieux pour toujours.

Ours, abandonne ton humilité. Tu n'es pas une créature humble. Tu as tes propres pensées. Confie-les-moi.

Ours, je ne peux pas t'ordonner de m'aimer, mais je crois que tu m'aimes. Ce que je veux, c'est que tu continues à exister, et à exister pour moi. Pas plus. Ours.

Parfois, tard dans la nuit, elle captait des stations de radio lointaines sur son transistor. Des langues indistinctes venues du pôle, des accents traînants de La Nouvelle-Orléans. Une nuit, alors qu'elle travaillait devant la baie vitrée du haut, baignée d'un vent d'été doucereux, de la musique grecque commença à envahir l'espace. L'ours dormait devant le feu éteint. Minuit était passé depuis longtemps. Le vent jouait avec ses papiers dans les sanglots du bouzouki.

« Ours, dit-elle soudain, viens danser avec moi. » Elle se leva et plaça ses pieds à la mode grecque, levant ses bras telle une figurine crétoise.

Lentement, l'ours se souleva. Elle avait l'impression que se tenir longtemps debout sur ses pattes arrière lui faisait mal ou lui était inconfortable, que ses muscles ne lui obéissaient pas bien dans cette position, mais il se dressa face à elle, qui bougeait ses bras et ses pieds au rythme de la musique, et amorça une danse lente et hésitante.

Elle le regardait. Il était magnifique. Un étrange mannequin obèse, mésomorphe, absurdement lourd d'épaules et d'arrière-train, tentant de danser debout pour la première fois. Un bébé ! Merveilleusement précaire dans son équilibre, avec ce demi-sourire timide, ce buste trop massif…

Dzing, faisait la musique. Dzong. « *Ephies...* » Tu es parti. Non, je ne partirai pas, se dit-elle en pensant à lui. Jamais je ne partirai. Je me fabriquerai d'étranges vêtements en fourrure pour passer l'hiver près de toi. Jamais, jamais je ne te quitterai.

Il dansait face à elle. Il avança un peu, déplaçant son poids d'une hanche à l'autre, balançant délicatement ses énormes pieds, fendant lentement l'air de ses bras. Elle avança vers lui. « *Eph...ie...ess.* » Les boîtes grecques à Toronto avaient passé ce titre jusqu'à ce que le moindre Anglo-Saxon en connaisse au moins quelques paroles. C'était un chant qui parlait de perte et de solitude. Irrésistible.

Quelle qu'elle fût, la station de radio la tira de son égarement en passant à un disque plus primitif. Une musique plus forte, plus dissonante, au tempo incertain. L'ours tangua, le regard tourné vers elle. Elle s'avança vers lui, prit ses pattes dans ses mains et, ses doigts entrelacés à ce jeu d'aiguilles à tricoter, elle commença à onduler contre lui au son de la musique.

Elle ne l'avait jamais enlacé debout. C'était chaud et étrange. Elle se balançait contre lui. Elle mit sa tête sur son épaule. Il était calme, très calme. Il ne savait pas comment se comporter. Elle se revit, enfant, dans un gymnase, être tenue pour la première fois contre le corps d'un homme, rougissante, gênée, emplie de culpabilité.

Il ne lui rendit pas son étreinte. Il se tenait immobile alors qu'elle mouvait son corps aussi près que possible du sien. Puis il bâilla. Elle sentit son énorme mâchoire descendre le long de son visage. Du coin de l'œil, elle vit l'éclat de ses dents, il lui en manquait deux. Elle se dégagea. La musique s'était muée en une sorte de pizzicato frotté, une pulsation rythmée.

L'ours se remit sur ses quatre pattes. Des voix d'hommes commencèrent à produire des grognements bizarres qui s'ajoutèrent aux violons. L'ours se coucha sur le sol, les oreilles dressées, à l'affût de ces sons à demi humains. Elle le laissa se reposer un instant, puis s'allongea à ses côtés. Il l'excitait. Elle retira ses vêtements. Il commença son léchage assidu. Il lécha ses aisselles et la ligne entre ses seins qui sentait la sueur.

« L'ours de Byron savait danser, murmura-t-elle, mais lui n'y prêtait pas attention. S'il t'avait connu, est-ce que Brummell aurait fini ses jours au milieu de nonnes, à jouer avec son caca ? »

Par moments, l'ours lui arrachait à moitié la peau avec sa redoutable langue, à d'autres, il se faisait distrait. Elle devait le cajoler pour le stimuler. Elle s'enduisit de miel et murmura à son oreille, mais une fois le miel terminé il se détourna, trop vite satisfait, lâchant un pet.

« Mange-moi, ours », supplia-t-elle, mais il se tourna vers elle d'un air las, et s'endormit. Elle se résolut à passer une chemise et à se remettre au travail.

Elle saisit un volume embossé intitulé *Les Œuvres poétiques de John Milton, vol.1.*, publié chez Hartford en 1856. Les illustrations et le papier étaient de qualité médiocre, mais les caractères étaient de bonne taille. Elle se dit qu'écolière, elle aurait aimé lire

Le Paradis perdu dans une telle police. Ça conférait une sorte de netteté au texte.

Du volume s'échappa un nouveau message venu de Dieu, ou du colonel Cary : *Chez les Aïnous, au Japon, on raconte qu'il y a longtemps un ourson fut arraché à sa mère et élevé au sein par une femme. Il devint un membre de la communauté villageoise et était aimé et apprécié de tous. Lorsqu'il eut atteint trois ans, au solstice d'hiver, il fut amené au centre du village, attaché à un poteau et, après force cérémonies et excuses, étranglé à l'aide de bambous aux pointes acérées. On procéda à d'autres cérémonies, au cours desquelles sa mère d'adoption le pleura, puis on mangea sa chair.*

« Jamais », s'écria-t-elle.

Elle sortit et nagea nue dans la rivière noire de nuit. Elle s'allongea sur le dos et contempla les mystérieuses lueurs verdâtres de l'aurore qui palpitaient dans la magie du ciel.

C'était une nuit chaude, douce sur sa peau. Les insectes avaient presque complètement disparu. Elle s'endormit sur l'herbe, et rêva que les deux oursons gloutons du conte venaient vers elle en dévalant une colline dans une baratte à beurre.

« Nous allons la manger », dit l'un. « Nous allons lui manger les nichons », dit l'autre. « Fais attention, dit le premier, fais attention. C'est elle qui va nous manger. Fuyons ! »

À son réveil, elle se sentait ankylosée, frissonnante, et coupable. À l'étage, elle regarda partout avant d'éteindre les lampes. L'ours était parti. Il lui semblait humain et attendrissant et délicat qu'il sache prendre soin de lui le moment venu. Lorsqu'elle se mit au lit, elle le trouva à la place qui lui revenait. Il faisait trop chaud pour dormir à ses côtés.

19

Elle savait désormais qu'elle l'aimait. Un amour d'une telle extravagance que le reste du monde s'était rétracté en un nœud dépourvu de sens, à l'exception du paysage, qui demeurait en dehors d'eux, neutre, avec ses propres orgasmes estivaux. Lorsqu'il n'y avait pas de bateau à l'horizon, elle avait désormais l'habitude d'aller nager avec l'ours, nager des heures, en l'éclaboussant et en plongeant pour lui ramener de jolies pierres qu'il acceptait gravement, les portant devant ses yeux myopes. Sur la rive, il lui lançait des pommes de pin. Dans le hangar à bateau, elle avait trouvé un ballon. Ils s'asseyaient sur l'herbe, jambes écartées, et le faisaient rouler entre eux deux. Elle avait essayé de le lui lancer, mais visiblement ça lui faisait peur, il n'arrivait pas à l'attraper, ils le faisaient donc rouler, sérieusement, pendant ce qui paraissait des heures. Puis ils retournaient nager. Ils jouaient comme des phoques. Il plongeait sous elle et lui soufflait des bulles entre les seins. Elle étendait ses jambes pour les attraper.

Elle savait désormais qu'elle l'aimait, d'une passion pure qu'elle n'avait jamais éprouvée auparavant. Pendant une brève période, elle avait été amoureuse d'un homme plein d'élégance et de charme, mais elle s'était sentie mal à l'aise quand il lui avait dit qu'il l'aimait, comme si cela recouvrait quelque chose qu'elle ne comprenait pas, et en effet, ce que cela signifiait, c'était qu'il l'aimait tant que ses chaussettes étaient bien pliées et qu'elle était constamment à sa disposition ; tant que sa cuisine était délicieuse et qu'elle n'avait pas ses règles ; tant que le vin ne lui déliait pas la langue et que l'huile d'olive n'avait pas créé ce bourrelet sur son ventre. Lorsqu'il l'avait quittée pour une femme plus petite, plus soignée, plus énergique et plus servile, elle avait lancé des cailloux sur leurs fenêtres, écrit des obscénités à la craie sur les murs de leur immeuble, elle s'était mise à imaginer obsessionnellement la chatte impeccable de sa jeune compagne (il avait obligé Lou à avorter), ressassant son nom (bien qu'elle ne l'ait vue que de nombreuses années plus tard, et qu'elle l'eût trouvée alors bien bien quelconque), gravant sur son bras des anagrammes du nom de sa rivale, bref, se surprenant à être en proie aux affres d'un grand chagrin pour un homme aussi mesquin que tyrannique.

Pendant une semaine, elle avait été amoureuse du directeur. À peine plus longtemps que ça, peut-être. Bien sûr, il s'agissait d'assouvir un besoin sexuel. Les concombres, avait-elle découvert en explorant les possibilités évoquées dans *Lysistrata*, c'était froid. Les femmes ne comblaient pas son appétit pour les hommes. Elle et le directeur avaient des intérêts communs, il était charmant et efficace ; ils partageaient une certaine communauté d'esprit lorsqu'ils baisaient sur les vieilles cartes ou les arbres généalogiques manuscrits ; mais il ne s'agissait pas d'amour.

L'ours, elle l'aimait. Elle le trouvait sage et tolérant. Parfois elle le prenait pour Dieu. Il la servait. Tant qu'elle faisait ses besoins à côté de lui chaque matin, il était là pour elle chaque fois qu'elle ouvrait ses cuisses pour lui. Il était rugueux et tendre, assidu, patient, infiniment doux, lui semblait-il.

Elle aimait l'ours. Il y avait en lui des profondeurs qu'elle ne pouvait atteindre, qu'elle ne pouvait sonder, ni détruire de ses doigts d'intellectuelle. Elle se couchait sur son ventre, il la tapotait doucement de ses griffes ; elle touchait sa langue avec la sienne et éprouvait son épaisseur. Elle explorait ses gencives, ses dents, qui étaient presque des crocs. Elle retournait ses babines noires avec ses doigts et faisait courir sa langue sur l'arête de ses gencives.

Une fois, une seule, elle essaya de l'appeler *Trelawny* mais le nom ne lui dit rien et elle comprit qu'elle se trompait : il n'était pas ce réceptacle de mémoires parasites, il n'était pas un pirate, il n'était qu'une énorme créature vivante, plus vaste et plus sage que le temps, une créature qui pour le moment était sa créature, mais qui pouvait aussi réintégrer son propre monde, revenir à sa propre sagesse.

Elle continuait à travailler. À l'étage. Lentement. *Les pêcheurs de Terre-Neuve*, lui apprit une des notes de Cary, *ramassent les os péniens des ours dans la forêt et les plantent aux murs de leurs cabanes pour en faire des portemanteaux*. Sa pine était large, protégée, enfouie dans son fourreau. Elle se mit à genoux et commença à jouer avec, mais elle ne se leva pas. Oh, tant pis, pensa-t-elle, l'été n'est pas terminé.

C'est alors qu'elle découvrit une édition de l'*Histoire naturelle* de Bewick d'une immense valeur, qu'elle prit comme une justification de sa présence.

Ils vivaient paisiblement et intensément ensemble. Elle savait que son corps, ses cheveux, ses dents et ses ongles étaient imprégnés de l'odeur de l'ours, et elle chérissait cette odeur.

« Ours, lui disait-elle, tentatrice, je ne suis qu'une femme. Déchire ma peau avec tes griffes cliquetantes. Je suis fragile. C'est simple pour toi. Extirpe mon cœur avec tes griffes, comme une larve d'une souche. Arrache-moi la tête, ours. »

Mais il était gentil avec elle. Il grognait, s'asseyait en face d'elle, souriant. Une fois, il posa une douce patte sur son épaule nue, presque amoureusement.

Elle se rendait chez Homer aussi rarement que possible, et seulement après s'être baignée, pour chasser l'odeur de l'ours. Elle ramenait plus de nourriture qu'avant. Lorsqu'elle cuisinait pour elle-même, elle en faisait profiter l'ours, il s'asseyait à ses côtés sur le perron, parfois il prenait son assiette et la léchait.

« Je me demande vraiment, écrivait le directeur, si vous estimez que cette bibliothèque est d'un intérêt suffisant pour justifier cet investissement en temps. »

Va te faire foutre avec tes bouquins, avait-elle envie de lui écrire en réponse.

Elle vivait désormais intensément et entièrement pour l'ours. Ils partaient ensemble cueillir des baies dans les bois. Elle fourrait goulûment des poignées de framboises bien mûres dans sa gueule. Celles qu'elle se gardait, tels de délicats joyaux, elle les plaçait dans une boîte de miel en fer-blanc Beehive pourvue d'une anse en corde qu'elle avait trouvée dans la remise. Elle rêvait de découvrir une ruche dans un arbre, elle voulait le voir avide parmi les abeilles, mais il ne trouvait que des vers et des larves sous des souches en décomposition. Elle dénicha des asperges sauvages dont les tiges n'étaient pas plus grosses que celles des trilliums, elle les cuisit et les trouva délicieuses.

Un matin, elle se mit à quatre pattes pour partager un bol de cornflakes et de lait en poudre aux framboises. Leurs drôles de langues se frôlèrent et elle frémit.

Il commençait à faire très chaud. Il restait couché dans son antre, haletant. Elle restait couchée sur son lit, avait envie de lui, mais ce n'était pas son heure. Elle se souvenait de ces années dans son rôle de maîtresse, où elle attendait que son homme exigeant rentre affamé, non pas d'elle mais d'un steak au poivre, elle se rappelait que c'était toujours les après-midi qu'elle avait envie de lui, mais elle n'avait jamais osé lui demander. Tout aurait pu être différent, seulement…

Dehors, sur la rivière, les amateurs de ski nautique bourdonnaient telles des libellules géantes. Il faisait trop chaud pour travailler à l'étage. Elle demeurait allongée, nue, haletante, mourant d'envie d'être avec son amant, de lui offrir ses deux seins et son ventre, presque prête à croire qu'il allait la féconder pour engendrer les jumeaux héroïques destinés à sauver sa tribu. Mais elle devait attendre la tombée de la nuit pour le voir sans risque.

C'était la nuit des étoiles filantes. Elle l'emmena vers la rive. Ils se baignèrent dans les eaux calmes et noires. Ils ne jouèrent pas. Ils étaient sérieux cette nuit-là. Ils nageaient en cercle l'un autour de l'autre, très solennels. Puis ils regagnèrent le rivage, et plutôt que de s'ébrouer auprès d'elle, il se coucha à ses côtés et lécha l'eau sur son corps tandis qu'elle contemplait les étoiles tomber du ciel, une, deux, quatorze, un million semblait-il, qui tombaient vers elle, allaient la brûler. Elle faillit presque en saisir une, elle semblait si proche, mais sa clarté lui échappa, absorbée par la Voie lactée.

Les engoulevents lançaient leurs cris, ainsi que les plongeons huards.

Elle s'assit. L'ours s'assit en face d'elle. Elle se mit à genoux et avança vers lui. Lorsqu'elle fut suffisamment proche pour sentir le lustre humide sur sa poitrine, elle le chevaucha. Rien ne se passa. Il ne parvint pas à la pénétrer et elle ne réussit pas à l'introduire en elle.

Elle se détourna. Il était resté relativement impassible. Elle le ramena à son enclos pour qu'il aille se coucher.

Elle s'habilla, et passa le reste de la nuit allongée sur l'herbe rêche des marais. Les étoiles continuaient à tomber. Toujours hors de portée. Peu avant l'aube, au loin le ciel s'illumina de sa mystérieuse aube verte et palpitante.

Le lendemain elle se sentait agitée, coupable. Elle avait brisé un tabou. Elle avait changé quelque chose. La teneur de son amour avait été modifiée. Elle était allée trop loin avec lui. Il y avait chez elle quelque chose d'agressif qui l'emmenait toujours trop loin. Une fois elle avait jeté un œuf de marcassite sur la fenêtre de son amant, un œuf vert qu'elle chérissait particulièrement. Elle était restée trop longtemps dans cette maison. Elle avait baisé avec le directeur. Elle avait laissé pendre ses seins à la vue de Homer. Elle était allée trop loin. Certainement, si elle avait des enfants, elle finirait par les négliger.

Elle monta à l'étage et vit combien il lui restait peu à faire. Elle redescendit et se masturba. Elle se sentait vide et en colère, une femme qui puait la bestialité. Une femme qui ne comprenait rien, qui n'avait ni utilité ni fonction.

Elle descendit vers le bateau et fonça à travers le chenal comme n'importe quel imbécile motorisé, virant de bord à l'approche des hauts-fonds, bravant les vagues des eaux profondes. Mais les deux bras de la rivière étaient très calmes et elle ne croisa rien d'autre que la branche rougissante d'un érable. Ça lui donna envie de mourir.

Elle alla se coucher sans dîner, et sans nourrir l'ours. Dans son rêve, des bonshommes verts glissaient dans le vent en se disputant les morceaux de son corps qu'ils voulaient dévorer. « Celui-là est pour moi ! Celui-là pour moi ! Non, ce morceau est trop vieux. Trop usé. Elle a des poils sur les seins. Ôte ça de ma vue ! »

Les chevaux qui tiraient le soleil marquèrent une pause en grattant le sol. L'aurige les fouetta. « Ni neige, ni vent, ni pluie, leur lança-t-il. Hue, Tarzan, hue, Tony. C'est jour de joie, en route, camarades ! » Puis, lorsqu'il vit la masse de chair informe qui les faisait broncher, il tourna ses roues dans une autre direction et le jour déserta les lieux.

Elle savait qu'elle devait se cacher, mais il n'y avait aucune cavité, aucun ours. Elle se calma au contact de l'eau, se recroquevillant puis s'étirant, se pliant et se dépliant, car elle savait qu'elle venait de l'eau. Elle suça ses orteils et ses doigts, comme un nouveau-né. Les vagues continuaient de lécher la rive.

« Ce n'était pas très malin, lui dit le diable dans la nuit, de commettre un acte de bestialité avec un vieux nounours tout miteux. Un tatou, par exemple, ça aurait été plus original, plus audacieux. La bestialité n'a rien de mauvais en soi, mais il faut s'y adonner avec style. Tu n'as jamais rien fait avec style, si je ne m'abuse. Tu n'es qu'une vieille peau, sans originalité, sans grâce. Quand ton amant s'est tiré avec cette petite nana verte tu n'as dit que des banalités, tu as écrit sur le trottoir à la craie comme une gamine, alors que tu aurais pu te douter qu'il n'était pas un bon parti après tout. Ensuite tu cours après ton patron – tu te rends compte, manquer d'imagination à ce point – et quand il te baise, tu fais attention à ce que ce ne soit pas sur des plans de trop grande valeur. Tu n'as pas de fierté, aucune estime de toi. L'abominable homme des neiges, ç'aurait été plus recherché, ou tu aurais pu essayer un truc plus sophistiqué comme une espèce rare de ragondin. Tu sais que l'os pénien des lemmings n'est visible qu'à la loupe ? Un prêtre en fait collection en Arctique ; je t'en aurais parlé, si seulement tu écoutais un peu. Le problème avec vous, les filles de l'Ontario, c'est que vous n'avez aucun sens du raffinement. Tu te fourvoies avec cet ours : il est à peu près aussi intéressant qu'un canapé – autant que toi, finalement. Sois gentille maintenant, et va-t'en. Jamais tu n'attraperas une étoile. »

L'ours vint la voir. Son souffle était infiniment lourd et doux. Elle comprit qu'il veillait sur elle. C'était le matin. Il devait avoir faim. Elle se leva lentement et lourdement et leur ouvrit une boîte de haricots. Ils les mangèrent froids.

20

Elle se regarda dans le miroir en pied de la colonel. Elle avait les cheveux en bataille et les yeux égarés. Sa peau était brune, son corps était différent et son visage ne ressemblait pas à celui qu'elle se connaissait. Son apparence l'effraya.

Elle fit chauffer de l'eau et se lava les cheveux et le visage dans une bassine. Elle se brossa les dents et le dentifrice lui donna des haut-le-cœur. Elle trouva du rouge à lèvres et un peigne et ce truc pour les yeux. Elle mit une chemise à carreaux propre.

Elle monta dans le bateau et partit pour la marina. Babs tenait le comptoir.

« Où est Homer ? demanda-t-elle.

– Il est à la scierie, première route à droite après les chutes », lui dit Babs sans lever les yeux.

Elle alla en ville acheter du whisky. Homer était à la scierie abandonnée, en train de remplir son pick-up de bois de chauffage pour le vendre à ses campeurs.

« Ça fait un bail.

– J'avais du travail.

– J'ai pensé que vous étiez fatiguée.

– J'ai apporté à boire. »

Il sourit. « Vous avez des gobelets ?
– J'en ai un dans la boîte à gants.
– Moi aussi. »

Ils s'assirent côte à côte sur un tronc et commencèrent à siffler la bouteille. Ils échangèrent quelques nouvelles. Il n'avait rien à lui raconter. Quand la moitié de la bouteille fut bue, il l'emmena dans un baraquement en ruine. Il défit sa ceinture. Elle fit de même. Ils se tenaient à moitié nus l'un devant l'autre. Il sourit.

« On peut pas s'en passer trop longtemps, hein ? »

Il n'y eut pas de préliminaires. Il avait une bonne longue queue et il s'en servit. C'était très bizarre et désarmant, il avait une façon d'hésiter avant de s'y remettre qui ne ressemblait à rien de ce qu'elle avait connu auparavant. Il l'excitait. Et c'était bon de sentir ce vide énorme se remplir, mais elle ne ressentait rien avec lui, rien.

Quand il eut terminé il la remercia. Puis ils se rhabillèrent.

« Gardez la fin de la bouteille, dit-elle.
– Non, vous. Moi je peux en avoir plus facilement.
– Bon, OK. Venez boire un coup à l'occasion.
– J'y manquerai pas. Merci. »

Elle rentra à la maison et pleura. Puis elle monta à l'étage et essaya de se remettre au travail. Il y avait certainement quelque chose dans cette immense bibliothèque, une édition annotée des mémoires de Susanna Moodie, ou un journal. Quelque chose de mieux qu'une simple recette de sirop de framboise.

Otso, mon bien-aimé,
Mangeur de miel venu des bois,
Ne laisse pas la colère enfler dans ta poitrine ;
Je n'ai point le cœur de te tuer,
De ton plein gré tu as donné ta vie,
En sacrifice pour les terres du Nord…
Jamais nous ne te ferons du mal,
Demeure en paix pour toujours
Pour toujours tu te nourriras de lait et de miel…
– Le Kalevala

« Oh mon Dieu, s'écria-t-elle, je ne suis pas le genre de femme qui porte à son cou des animaux qui s'entredévorent lorsqu'elle va à l'église. Je ne veux pas de la peau de ses intestins pour mettre à mes fenêtres, ou ses omoplates pour faucher ma pelouse. Je veux juste l'aimer. »

Mais cette nuit-là, il sentit l'odeur de l'homme sur elle et ne l'approcha pas.

« Les gens deviennent un peu bizarres ici, dit Homer, quand ils sont trop longtemps seuls. Il y a eu un colonel qui était magistrat, après le premier Cary. Il a tiré sur le gars qui avait tiré sur le castor qui était son animal de compagnie. Orville Willis et le Suédois qui travaillaient pour lui ont passé tout un hiver dans une tente du côté de Gardner's Reach, à couper du bois pour construire une maison, à se nourrir de navets et de poissons. Au printemps, un Leroy les a trouvés recroquevillés comme les Enfants des bois, raides morts. Mrs Francis, une vieille dame anglaise, et sa fille sont restées à vivre seules dans la ferme de son bon à rien de fils, Ralph. Un jour elles ont eu faim de viande et elles sont allées dans la grange et ont attrapé des hirondelles avec de ces filets qui se mettent sur les chapeaux des dames. Elles les ont plumées et elles les ont fait rôtir sur leurs épingles à chapeau et elles ont dit que c'était plutôt bon. Il y a des noisettes qui poussent dans le coin, elles sont bonnes aussi. Vous en voulez encore ? »

Elle était assise en tailleur à bonne distance de lui. Il se rapprocha.

« Vous puez l'ours, dit-il.

– Pas étonnant. Quand on vit avec lui, on le côtoie forcément de près. » Elle fixa les oreilles glabres de Homer, et pensa à son corps également glabre. Elle frissonna.

« Les gens deviennent bizarres quand ils sont trop seuls.

– Il me reste plein de travail à faire.

– Qu'est-ce qu'ils vont faire de la maison, de toute manière ?

– Y donner des conférences, peut-être.

– Y'a pas assez de place. On peut dormir à quatre, maximum.

– Je sais pas, dit-elle avec agacement. Je sais pas. Je dois faire un rapport là-dessus, mais je ne sais pas vraiment quoi dire.

– Ça va devenir un lieu de pêche pour les huiles du gouvernement, je parie.

– Vous et Joe allez continuer de vous en occuper ?

– Bien sûr, c'est toujours du boulot. »

Quand la bouteille fut terminée, elle sortit du bateau avec lui. Il lui tendit une pile de courrier. L'air était glacial.

« L'automne arrive, dit-il. Vous devrez bientôt partir.

– Bientôt, Homer.

– Joe m'a dit qu'il allait bientôt venir, pour l'ours. La vieille Mrs Leroy n'est pas bien du tout. Ils gardent l'extrême-onction sur la table de chevet en permanence, vous voyez. Elle veut voir l'ours avant de quitter ce monde. Joe a dit l'autre jour qu'il estimait qu'elle avait dans les cent quatre ans.

– C'est le climat qui est bon pour la santé.

– C'était beau à l'époque, quand on faisait toutes les funérailles sur l'eau.

– J'imagine, Homer. »

Il s'en alla.

21

Après la fête du Travail, les canots à moteur disparurent miraculeusement. Les eaux commençaient à se refroidir, mais en plein midi elle et l'ours parvenaient encore à s'ébattre telles des otaries dans l'eau. Ensuite elle s'enroulait dans son peignoir sur le rivage.

Elle ressentit le besoin de faire des conserves. Il y avait certainement des bouteilles au sous-sol, de ces vieux bocaux verdâtres Gem qui se vendaient désormais à prix d'or dans les brocantes, avec leurs couvercles rouillés et leurs caoutchoucs distendus. Mais son jardin était un échec, alors elle passa plutôt ses après-midi à paresser au soleil avec l'ours, pensant à tout ce qu'il y aurait à faire si elle devait passer l'hiver avec lui, s'imaginant faite de cette rustique pâte campagnarde qu'il était trop tard pour acquérir, se rappelant le goût aigre du babeurre, celui, lacté et chaleureux, du succotash, la manière dont une de ses tantes fabriquait du savon à partir de saindoux et de soude, et cette fois où elle avait brûlé la chemise à jabot du domestique avec le fer à repasser, même si le fer avait chanté quand elle avait craché dessus.

Elle était désœuvrée et crasseuse. Ses ongles étaient cassés. Elle et l'ours fainéantaient majestueusement, assis sur la pelouse. Et le soir, ils paressaient devant le feu.

Ours et femme près du feu. Vêtus chacun de leur propre peau. Sa peau à lui, qui la léchait encore, ses mains à elle dans sa fourrure. Son odeur à lui qui l'enivrait.

La nuit et le silence. Au loin, les vrombissements des derniers estivants sur la rivière. Une fois, une étincelle jaillie d'une bûche de bouleau atterrit sur sa fourrure. Une odeur de plumes brûlées s'éleva, qu'elle chassa à coups de langue.

Il était plus lent désormais. Il perdait son assiduité. Il mangeait des quantités considérables. Elle savait qu'il se constituait un anneau de graisse autour de son anus en prévision de l'hibernation. Elle en avait presque, mais vraiment presque totalement terminé avec son travail.

Elle avait froid sans sa fourrure autour d'elle. Elle se recroquevilla contre lui, toujours plus près. Jusqu'à ce qu'il l'entoure complètement. Il bougea une patte et faillit lui casser un bras. Elle avait oublié son énorme poids.

« C'est fini, maintenant, lui dit-elle. C'est fini. Tu vas devoir rentrer chez toi et moi chez moi. » Elle s'assit et enfila son pull.

Il était assis en face d'elle, frottant son museau de sa patte, l'air gêné. Puis il baissa le regard vers son bas-ventre. Elle vit elle aussi. Lentement, majestueusement, son énorme queue se dressait.

Elle n'était pas comme celle des hommes, en forme de tulipe. Elle était rouge, pointue, et impressionnante. Elle le regarda. Il ne bougeait pas. Elle enleva son pull et se mit à quatre pattes devant lui, dans une posture animale.

Il avança sa grosse patte et lacéra la peau de son dos.

D'abord elle ne ressentit aucune douleur. Elle se contenta de ramper hors de sa portée. Elle se retourna pour lui faire face. Il avait perdu son érection et était assis toujours dans la même posture. Rien, absolument rien sur son visage ne lui permettait de savoir ce qu'elle devait faire.

Puis elle sentit le sang couler le long de son dos, et elle sut qu'elle devait fuir.

« Va-t'en ! » cria-t-elle, saisissant son pull aussi bien pour se réchauffer, se couvrir, qu'éponger le sang. Elle tira un tison du feu et l'agita dans sa direction. « Va-t'en ! Ouste ! Va te coucher. Allez. »

Lentement et posément, il se mit sur ses pattes et descendit l'escalier en se dandinant.

Elle mit le pare-feu devant la cheminée. Enfila son jean. Souffla la lampe Tilley. Ramassa ses cigarettes et le suivit en bas des escaliers. Il heurta quelque chose dans la cuisine. S'il flaire mon sang, il va venir me chercher tout de suite, pensa-t-elle.

« Va-t'en ! » hurla-t-elle. Il décampa par la porte arrière. Elle avança la plus droite possible vers la porte, la verrouilla, et se laissa tomber sur son lit, tremblante.

Lorsqu'elle s'éveilla, il faisait encore jour. Elle était brûlante. Elle savait ce qui s'était passé. Elle était restée trop longtemps au soleil, c'était la deuxième semaine de juillet, sa mère lui avait appliqué cette espèce d'emplâtre sur le dos et elle était collée aux draps, frissonnante à cause de l'insolation. Elle allait avoir de la fièvre et vomir beaucoup et on s'occuperait d'elle en lui reprochant d'être excessive dans tout ce qu'elle faisait. Elle n'avait plus qu'à s'extirper des draps de mousseline au plus vite, pour se remettre.

Elle lutta. Elle n'arrivait pas à s'en détacher. C'était différent cette fois-ci. Elle essaya de lever un bras. La douleur hurla en elle. Elle résonnait à ses oreilles. Elle se souvenait.

Oh mon Dieu, quelle idiote, quelle idiote, quelle…

Il faisait jour. La lumière ruisselait dans la pièce, elle était collée à son lit en pleine journée. Incapable de lever son bras gauche. Quelque chose était arrivé. Ça.

Jésus, ayez pitié de nous.

La chambre dans laquelle elle était allongée était sale. Ses mains étaient sales. Depuis combien de temps suis-je dans cet état ? se demanda-t-elle, et où est-il, lui ? Est-ce qu'il a faim ? Est-ce que l'automne est arrivé ? Est-ce qu'il a commencé à hiberner ?

Elle bougea ses jambes. Bien. Elle était habillée, constata-t-elle. Elle pouvait bouger la tête, son bras droit, et désormais, lentement, son bras gauche. Oh par Jésus et par tous les saints, que ça fait mal. J'ai froid aux mains, ma tête est brûlante. Il faut que je me lève.

Elle vit qu'elle pouvait rouler hors du lit. Elle vit qu'elle était capable de se lever. Elle alla jusqu'à la cuisine et vit qu'elle réussissait à marcher. Elle but. Avala une aspirine.

Il m'a lacérée, pensa-t-elle. C'était pas ce que tu cherchais, après tout, espèce de pétasse décadente de la ville ?

Elle resta un moment appuyée au comptoir de la cuisine, réfléchissant à ce qu'elle allait faire. Puis elle sortit par la porte principale et s'allongea dans la rivière tout habillée, jusqu'à ce qu'elle sente son pull se détacher de sa peau déchirée.

Elle essaya de se souvenir de ce qui était arrivé. Elle le revoyait se dresser derrière elle, puis ce geste unique. Ses cris. Sa fuite. Est-ce qu'elle avait agi stupidement ? Oh, non. S'il gardait en lui suffisamment de sauvagerie pour faire ça, alors le sang…

L'eau était glacée. Elle se releva et courut jusqu'à la maison. Déshabilla le bas de son corps puis, avec la plus grande difficulté, le haut. Se regarda nue dans le grand miroir ovale une fois de plus.

Elle était différente. Son corps semblait avoir rajeuni. La graisse liée à la vie sédentaire avait disparu, dévoilant désormais la forme de ses côtes. Lentement, elle se tourna pour regarder son dos par-dessus son épaule : une longue marque rouge de sang coagulé la barrait de l'épaule au fessier. Je l'aurai toute ma vie, se dit-elle. Et ce n'est pas la marque de Caïn.

Elle alla à la cuisine et imprégna un t-shirt de désinfectant. Elle l'appliqua sur ses épaules pendant un moment. Puis elle s'habilla, et, au ralenti, commença à se préparer un petit déjeuner.

Lorsqu'elle sortit, l'ours l'attendait visiblement. Elle lui tendit sa gamelle. Ils s'assirent tranquillement côte à côte. Elle trembla pendant un moment. Le fond de l'air était vif. Il se rapprocha imperceptiblement d'elle.

À l'étage, il se coucha et contempla le spectacle du feu tandis qu'elle était à son bureau, en train d'ouvrir le courrier que Homer lui avait apporté l'autre jour. Le supplément littéraire du *Times*, qui l'été regorgeait d'annonces destinées aux archivistes, de nombreuses lettres furieuses du directeur (la frustration sexuelle ?), une lettre de sa sœur qui parlait de choses qui n'intéressent que les mères mais qu'elle avait absolument besoin de raconter.

Elle s'assit pour lire un moment à côté de l'ours. Hier soir elle avait eu peur que l'odeur du sang ne lui donne envie de la blesser plus encore, mais aujourd'hui elle le voyait autrement : amant, Dieu ou ami. Chien aussi, parce que lorsqu'elle lui tendait la main il la léchait et y blottissait son museau.

Quelque chose entre eux avait disparu cependant : cette communion aiguë, intense, qui les avait liés durant l'été. Lorsqu'elle regardait par la fenêtre, les bouleaux étaient en train de jaunir, les feuilles recroquevillées déjà.

Méthodiquement, elle commença à ranger livres et papiers. Une fois qu'elle aurait fait ses bagages, elle se mettrait au ménage.

22

Cette nuit-là, tendrement allongée tout habillée à ses côtés près du feu, elle était un bébé, une enfant, une innocente. Dehors les cris des engoulevents, stridents, lui étaient adressés. Le bruissement des roseaux lui chantait une chanson. Blottie dans sa fourrure, elle était comme enveloppée dans un couffin, caressée par de petites vagues. Le souffle de tendres bêtes la caressait. Elle éprouvait de la douleur, mais c'était une douleur aimable et douce, qui n'était pas d'ordre mental, mais terrestre. Elle sentait une odeur de mousse et de fleurs fraîches du Nord. Sa peau était de soie et l'air autour d'elle du velours. Les galets luisaient dans l'eau nocturne avec une beauté d'une valeur incomparable avec celle obtenue par les joailliers. Elle resta auprès de lui jusqu'aux premiers chants des oiseaux.

Ce qui était passé de lui à elle, elle n'aurait su en dire la teneur. Sans doute n'était-ce pas les germes de l'héroïsme, ou de la magie, ou une quelconque vertu extraordinaire, car elle continuait à être elle-même. Mais pendant un bref et étrange moment, elle put ressentir par tous ses pores, et jusque dans le goût de sa propre bouche, pourquoi le monde existait. Elle ne se sentait pas enfin humaine, elle se sentait enfin pure. Pure et simple et fière.

Elle descendit au bord de la rivière pour assister au miracle de l'aube. Elle devina le sinistre brochet rodant parmi les joncs qui formaient son territoire. Elle regarda les derniers oiseaux migrateurs se rassembler, et sentit le regard des autours sur elle, sans éprouver de crainte.

L'eau à ses pieds était froide, mais l'air était doux et agréable. Elle se retourna, et la maison blanche derrière elle lui apparut également fragile et simple : elle n'était plus un symbole, mais une entité.

Elle rentra et continua à emballer ses dossiers bien rangés.

Plus tard dans la journée, un homme en veste à carreaux rouge et noir, un colosse à la tignasse sombre, se présenta à la porte de derrière. C'était Joe King, le neveu de Lucy Leroy. Il savait qu'elle était sur le départ, lui dit-il, et Lucy et lui souhaitaient s'occuper de l'ours pendant l'hiver.

Bon, pensa-t-elle, très bien. Nous y sommes. Le temps semblait venu.

Elle s'enquit de la santé de Lucy, qui tenait le coup.

« Elle sera ravie de le voir. Elle a un truc avec cet ours. Elle dit qu'elle n'a personne d'autre à qui parler. Elle espère que vous êtes devenus amis tous les deux.

– J'allais me baigner avec lui.

– Il a l'air en forme.

– Il va me manquer, mais ce serait difficile de l'emmener à Toronto.

– Si on le laisse ici, un de ces salauds de chasseurs finira par l'avoir.

– Vous, vous ne le tuerez pas quand Lucy ne sera plus là, n'est-ce pas ?

– Seulement s'il est malade. C'est fini le temps où on mangeait des pattes d'ours. Et de toute façon, Lucy nous demandera de promettre. Ne vous en faites pas. »

Elle s'approcha de lui et lui passa doucement sa chaîne.

« Lucy dit que vous vous entendiez très bien avec lui, dit Joe.

– Oh, c'est sûr que je m'entendais bien avec lui. C'est un bon gars.

– Quand rentrez-vous à Toronto ?

– Dans quelques jours. Je dois laisser la maison en bon état. Et j'ai encore un peu de paperasse à faire.

– J'imagine que vous n'avez pas découvert de trésor enfoui. Ils n'y connaissaient pas grand-chose, ces Cary. C'étaient des touristes.

– Comparés à vous et Lucy. »

Elle les accompagna jusqu'au ponton. Puis elle retourna sur ses pas pour aller leur chercher les restes du repas. Lorsqu'elle fut de retour, l'ours était déjà bien installé dans le canot, l'air satisfait. Elle frotta son encolure et gratta ses petites oreilles de grizzly.

« Au revoir », dit-elle.

Joe démarra le moteur. L'ours tressaillit au bruit et lança sa langue de côté pour lui lécher la main. Puis Joe se mit en route avec un simple au revoir et elle resta seule, debout sur la rive, à regarder l'ours s'éloigner sur le chenal, vieille dame obèse et digne, le nez au vent à la proue du bateau. Pas un regard en arrière. Non qu'elle s'attendît à ce qu'il le fasse. Elle passa le balai dans la maison, termina ses bagages, et fit plusieurs voyages pour porter ses affaires jusqu'à sa voiture. Elle confia le linge de maison des Cary à une blanchisserie en ville au nom de Homer, draps ensanglantés y compris. Elle passa à la banque retirer la somme suffisante pour régler l'énorme dette qu'elle avait chez Homer.

Elle rentra et s'assit dans l'immense maison vide. Elle n'avait pas percé le moindre secret. C'était un bel édifice, mais il ne recelait aucun secret. Il témoignait simplement de l'existence d'une famille qui voulait se distinguer du commun des mortels, et qui craignait plus que tout d'être oubliée par l'histoire. Avec leurs tables raffinées et leurs cantonnières de velours et leurs trumeaux, les épouses anglaises affirmaient leur appartenance à l'aristocratie au milieu de ces îles peuplées par les Indiens l'été.

À quoi bon, pensait-elle, venir périr en une telle contrée sauvage. Seule Colonel Jocelyn y entendait quelque chose : elle savait tanner une peau de lynx.

Dans le bureau à l'étage, elle décrocha la gravure de Rowlandson : elle représentait une époque de sa vie qui était depuis longtemps derrière elle. Elle épousseta les livres et ferma les vitrines des bibliothèques. Contrevenant au règlement, elle enveloppa la première édition du *Wacousta* ainsi que le Bewick dans des pages du supplément littéraire du *Times* pour les emporter. Un de ces hivers, des adeptes de la motoneige finiraient par s'introduire dans la maison. Ils voleraient le télescope pour le cuivre, et détruiraient les globes céleste et terrestre. Soit, que le monde soit détruit, puisqu'il devait en être ainsi. L'ours était en sécurité. Quant à elle, elle veillerait sur ces deux livres.

Devant la collection de notes de Cary, elle hésita. Il lui semblait qu'elles lui appartenaient plus légitimement qu'à l'Institut. Mais finalement, elle les glissa dans une enveloppe et les laissa dans le tiroir du bureau avec la mention « Notes de Cary à propos des ours ». Elle n'en avait plus besoin.

Accomplir ces tâches lui procurait un immense sentiment de paix, et elle s'y consacra avec le plus grand soin. Je fais reluire ma petite maison, se disait-elle.

Elle monta dans le nid-de-pie pour contempler une dernière fois l'impressionnante vue. Elle se rendit à la mare aux castors où jamais elle n'avait aperçu le moindre castor. Les autours n'étaient plus là. Elle examina son jardin en ruine. Elle parvint jusqu'au seuil de la tanière de l'ours et inhala son excitante puanteur. Quand même, se dit-elle, quand même.

L'après-midi était bien avancé lorsqu'elle eut terminé de nettoyer la cuisine, où elle laissa le comptoir propre et quelques conserves pour les éventuels visiteurs, puis elle porta ses dernières affaires jusqu'au bateau. La rivière était agitée, car un vent automnal s'était levé. Elle remonta la rivière prudemment. Elle se sentait tendre et sereine. Elle se souvint des soirées au coin du feu, la tête de l'ours reposant sur ses genoux. Elle se souvint de la nuit où les étoiles filantes avaient déferlé sur son corps, et cette brûlure, cette brûlure. Elle se souvint de la culpabilité, et de ce rêve qu'elle avait fait où sa mère l'obligeait à écrire une lettre d'excuses aux Indiens pour avoir fait ça avec l'ours, elle se souvint de la griffure qui avait apaisé sa culpabilité. Elle se sentait forte et pure.

Au moment de laisser les clefs chez Homer, elle prit un dernier verre avec lui au comptoir, loin du regard de Babs. Il lui promit d'aller mettre les volets aux fenêtres et de prendre soin des lieux cet hiver en n'oubliant pas de facturer l'Institut.

« Lucy peut mourir en paix maintenant que l'ours est de retour auprès d'elle, dit-il.

– C'est un bon ours.

– À ce qu'il paraît. Pour ce que j'en sais moi. »

Elle se souvint de ce drôle de sillon sur le faux palais de Homer le jour où ils avaient fait l'amour.

« Eh bien, au revoir, dit-elle en lui serrant la main. Merci pour tout. Je n'ai pas réussi à faire grand-chose du jardin.

– C'est très bien comme ça. On vous reverra ?

– Je ne crois pas. Je réfléchis à changer de travail. Il est temps d'avancer.

– Venez pour les vacances. Je vous ferai un prix pour un emplacement au camping.

– Merci, Homer. »

Elle roula vers le sud toute la nuit, en passant par l'intérieur des terres. Elle portait un pull bien épais et roula vitre ouverte jusqu'à ce que l'odeur de l'eau et des arbres soit remplacée par celle des villes et des gaz d'échappements. C'était une nuit magnifique, tout illuminée d'étoiles, et au-dessus d'elle la Grande Ourse et ses trente-sept mille vierges lui tenaient compagnie.

OURS
de Marian Engel
a été achevé d'imprimer en mars 2023
sur les presses de l'imprimerie Jelgavas Tipogrāfija.

Éditions Cambourakis
62, rue du Faubourg-Saint-Antoine
75012 Paris
www.cambourakis.com

Dépôt légal : avril 2023.
ISBN : 978-2-36624-763-3
Imprimé en Lettonie.